新潮文庫

大奥づとめ

よろずおつとめ申し候

永井紗耶子著

社 版

目次

ひのえうまの女……七
いろなぐさの女……五五
くれなゐの女……一一一
つはものの女……一六三
ちょぼくれの女……二一九
ねこめでる女……二七五

解説　細谷正充

大奥づとめ

よろずおつとめ申し候

ひのえうまの女

私が大奥へ上がりましたのは、十六歳の時のことでございます。家斉《いえなり》公の御世《みよ》、文政《ぶんせい》十年。このとき大奥には、上様の御側室の数が二十人とも四十人とも言われ、御子の数も五十人にのぼるとか……それは華やかなものでございました。口さがない瓦版《かわらばん》などでは、大奥が国の金子《きんす》を湯水のごとく使っている……などと書かれていたようです。

元は御家人の娘であった私は、父の力添えにより旗本の養女として奥へ上がることになりました。大奥女中の条件は、旗本または御家人の娘であるとされています。とはいえ、御目見得《おめみえ》以下の御家人の娘よりも、御目見得以上の旗本の娘である方が、出世の道が開けます。それ故《ゆえ》に、より力のある旗本家に養女として入り、そこから大奥に入る者が多くございました。無論、そうした出自をものともせずに出世街道を突き進んでいく方もいらしたようですが、何せ、「大奥三千人」と言われるほど多くの女が仕えているとのこと。借りられる虎《とら》の威は借りておくに越したことはございません。

ただ、私が奥に入りましたところ、三千人というのは少々、大仰なようにも思われました。

「大奥三千人とはもののたとえです。真《まこと》は千人に満たないのでは」

そう部屋方の姉女中に教えていただきました。

大奥に入りますと、その折には給与の目録と共に、大奥での名をいただくのが習わしで、どんな下級の女中でも本名は使いません。私も元の名を「結衣《ゆい》」と申しましたが、奥女中としては新たに「お利久《りく》」という名を頂戴《ちょうだい》しました。

そんな大奥での出世と申しますと、物を知らぬ私にとっては、上様の御目に留まり、御手付きになり、いずれは子を産んで側室となることと思っておりました。

しかし、大奥の内側に入ってみますと、その考えは何やら違っていたのではないかと思うようになりました。何せ、数百もいる女たちの中で、御側室はほんの一部。それ以外の女たちの方が多いのです。

私がお仕えしたのは、いわゆる上様の御手が付いた御側室ではなく、御年四十ほどの奥女中の要《かなめ》でいらした御年寄《おとしより》様。お仕えしてから半年ほどしたある日のこと、同じ部屋の女中たちと共に御年寄様を囲んでお話ししていた時、末席にいる私に目を止めて、御年寄様がお声を掛けて下さいました。

「お利久、そなたは御手付き中﨟《ちゅうろう》こそが出世の花道であると思っておったそうな」

「僭越《せんえつ》ながら」

「それは今、どう思う」

私は首を傾《かし》げました。

「いえ。今は違うやもしれぬと……」

すると御年寄様は得心したように深く頷《うなず》かれたのです。

「さもあろう。何も好んで汚《けが》れた方になることはない」

「汚れた方……でございますか」

「大奥の中では、御手付き中﨟のことを、汚れた方とお呼びするのが習わし」

「何故、汚れた方とお呼びするのですか」

「大奥で、最もお力を持つのは何方《どなた》と心得る」

「それは上様でございましょう」

「上様は、この日の本で最もお力のある方。されば、大奥の中では」

「今は……お美代《みよ》の方様でございますか」

お美代の方とおっしゃるのは、当時、上様の御寵愛《ごちょうあい》を一身に受けていた御側室で、上様の「一の人」と称されていた御方です。しかし、御年寄様は、私のその答えに渋い顔をしました。

「確かに、今はお美代の方様の権勢が強いが、それは異例のこと。そのお美代の方様とて、その御方には逆らえぬ」

「……ああ、御台《みだい》様でございますね」

「さよう。その御台様にとってみれば、御手付き中臈などというのは、好ましいものであろうはずもあるまい。そも、楊貴妃《ようきひ》は、玄宗《げんそう》皇帝を誑《たぶら》かし、国を亡《ほろ》ぼす傾城《けいせい》となったのです。かようなことにならぬよう、御手付き中臈たちは所詮《しょせん》、御台様よりも目下の者と、大奥の者は承知していなければならぬ」

そして御年寄様は優しく微笑《ほほえ》まれました。

「お清《きよ》としてお仕えする道の方が良いこともあろう」

「お清」というのは、上様の御手の付いていない奥女中たちのことでございます。そして、大奥の中においては、お清の方が大多数を占めており、少数派である「汚れた方」たちは、上様の御寵愛の度合いや御子のあるなしなどによって、お立場が左右されます。

「一の人」と褒めそやされるお美代の方がいらっしゃるということは、無論、二の人、三の人がいるということ。四十の人もいるということです。市井《しせい》では「オットセイ将軍」などという異名があるほどに好色でいらした上様は、飽きっぽいのもまた事実。

そのため、一度御手付きになって御中臈になったものの、以後、一度も上様からのお呼びのかからない方々も、大勢いらっしゃいました。

それでも御子を授かればお手柄と褒められもしますし、若君ならば御部屋《おへや》様、姫君ならば御腹《おはら》様として立場も大きく変わります。

御子のない御手付き中臈様は、目上の方の部屋付という形は変わりません。それでも御寵愛を受けていれば心強くもありましょうが、お呼びもなく、さりとて御中臈ともなれば里下がりも容易ではないとなると、大奥での暮らしは窮屈なものになります。

御子がある方、上様から寵愛される方は、上様に口利《くちき》きを願いたい藩の方々や商人たちから何くれとなく付け届けがあります。お美代の方様のお部屋などは、下々の女中に至るまで、絢爛《けんらん》豪華な着物姿で大奥を闊歩《かっぽ》しておられたものです。聞くところによりますと、その付け届けは金子に換算してみると、多い部屋では千両にも上るとか。

しかし、御子のいない御中臈の暮らしは質素なものです。無論、御中臈にはお手当が出ますが、そのお手当の中で、自ら女中を雇い入れ、その給金も支払います。着物も七つ口にやってくる商人から自ら買うので、あまり贅沢《ぜいたく》をすることはできません。

立ち回り上手な御手付き中臈は、上様の寵を争うことを早々に諦《あきら》め、力ある側室の元へ日参し、そのおこぼれに与《あずか》ることもあったようですが、なまじ女の矜持《きょうじ》がある御中藹はたとえ質素に暮らそうとも、御家人の強《したた》かな妻のように、色目を抑えた着物で、自ら掃き掃除さえしそうな方もおられました。

それでは、あの華やかなことが何よりお好きな上様の足は遠のく一方なのですが、

「あてにならぬものに縋《すが》れば、むなしいだけ」

と、むしろ逞《たくま》しくさえあります。そうした方々を間近に見ていると、

「大奥の出世街道は、上様に見初められ、御手付き中藹になること」

というのは、世俗の迷信とさえ思えるほどでございます。

一方、お清の立場は、己の手腕と運、そして人脈によって築き上げられていくのです。

御台様付きの上藹《じょうろう》御年寄や、大奥取締の御年寄などの権勢は大奥ではお美代の方様も及びません。中には、御手付き中藹でありながら御年寄へ出世なさる凄腕《すごうで》の方もいらしたようですが、いずれにせよ、出世の頂においては、上様の御寵愛のあるなしは関わり有りません。

そして大奥取締となりますと、時には表の老中の人事にまで口出しをすることもあり、各藩、商人たちもこの御方たちへの付け届けを欠かしません。御側室たちよりも、こちらへの貢《みつ》ぎ物が多いとも言われておりました。

もっとも、大奥は女だけの園でございます。それゆえに、上様の寵を競うこともなく、出世を競うこともせぬ者も大勢おります。

世俗では、女だけ……というと、何やら秘め事めいて聞こえるかもしれませんが、力仕事も水仕事も女の仕事でございますれば、裾《すそ》を端折《はしょ》って太ももも露《あら》わに働く女の姿もございます。また仕事が終われば、しどけなく着物を着崩して、いただいたお菓子を食べながら、お茶を飲んで姦《かしま》しくおしゃべりをするような場面が、そこかしこで見受けられます。それはそれは、殿方が見たら百年の恋も冷めるような有様です。しかしながら、

「気楽だから、ここから出られぬ」

と言って、許嫁《いいなずけ》との縁を切り、御目見得以下でありながら大奥で暮らすことを選ぶ奥女中もありました。

「それで、そなたはどうしたい？」

御年寄様は私に問いかけられました。

「どう……とおっしゃいますと」

「そなたはどうも、花嫁修業のために奥勤めしているようには見えぬ」

御目見得以下の部屋方女中は里下がりも容易なもの。それゆえ奥勤めをしてきたと

なれば、箔《はく》がつき、よい縁談にも繋《つな》がるのです。しかし、私はそうではありませんでした。

「私は出世をしとうございます」

「ほう……そなた、兄弟は」

「妹が一人おります」

御年寄様は眉《まゆ》を寄せ、首を傾げられました。

「ならば、そなたが婿《むこ》を取り、家督を継ぐのが常道ではあるが……」

私は唇を噛《か》みしめ、俯《うつむ》きました。その様子を見た御年寄様は、静かに頷かれました。

「人にはそれぞれ事情があろう。私の部屋方にも、様々な者がある。里に帰らず、務めに励む覚悟があるのなら、それはそれで良い。何なりと力になろう」

御年寄様は笑って下さり、朋輩《ほうばい》の方々からも笑みが零《こぼ》れて、和やかな時を過ごしました。末席の私のような部屋方の女中のことまで、心を配って下さる御年寄様の温かいお言葉を、心強く思ったものです。

御年寄様の仰《おお》せの通り、本来でしたら長女である私が婿を取り、家を継ぐのが常道です。しかし、私には里に帰れぬ事情がありました。

事情と言っても、ただただ私が愚かなだけではございますが、帰れぬことに変わりはございません。

　私も御家人の娘でございますれば、母の姿を見て育ちました。御家人など、武家の中ではさほど位があるものでもなく、ともすれば、日本橋辺りの商人の家の方がよほど裕福に暮らしているくらい、質素なものでございます。されど、武士としての矜持はあります。それゆえに、母は父を立て、父に逆らうことなどまるでなく、楚々《そそ》として静かに暮らしておりました。女中を雇うといっても、年末年始や、お客様がある時に時折、手伝ってくれる人を口入れ屋に頼むくらいで、水仕事も、台所仕事も、全《すべ》て母と、私たち姉妹が手伝いながらやっておりました。

　母は、私と妹の二人の娘を持ちました。しかしながら、跡取りとなる男児を産むことができませんでした。それは天の配剤、仕方のないことなのでございますが、それを見ていた父の上役の方からのお世話で、父は一時、妾《めかけ》を囲っておりました。結局、妾にも子は産まれなかったので、数年で縁は切れたと聞いています。

　父が妾の元へ行くという日、母はいつもの出仕にでも送りだすかのように静かに見送っておりましたが、父の姿が見えなくなると、廊下に伏して泣いていたのを覚えております。

「女は損ですね」

私が申しますと、母は、

「その通りです」

と答えたのをはっきりと記憶しております。父も母も体面を重んじる人だったので、あまり本音で話すことはありませんでした。そのため、その母の言葉がいたく響きました。それは母の数少ない本音だったからかもしれません。

とはいえ、私も武家の娘としての自覚を否応《いやおう》なく植えつけられ、炊事、裁縫はもちろんのこと、琴、花、お茶、舞、謡《うたい》に手習いと、一通りのことは学びました。おかげさまをもちまして、生来、こういったことが好きだったこともあり、褒められることも多く、少々、うぬぼれてもおりました。

「これならば、大奥でも十分に勤まりましょう」

琴の師匠にそう言われたのが、十二の頃。私が初めて「大奥」のことを聞いたのは、その時のことでございました。母は恐縮して首を横に振りました。

「いえいえ。この子は婿を取り、家を継いでもらいますので」

「あら、婿がねはありまして」

「はい。許嫁がございます」

寝耳に水とはこのことでした。

「許嫁がいるなどと、私は聞いたことがございません。どこのどなたなのでしょう」

私は母に食い下がりましたが、母は曖昧《あいまい》に笑うばかりで、ちゃんとした答えをくれません。

当時の私にとって、婿を取ること、家を継ぐことは既によく分かっていました。しかし、誰が婿になるのかは、多少なりとも少女らしい夢のようなものがあったのです。

「お姉様の許嫁はどんな御方かしら。團十郎《だんじゅうろう》のような男前かしら」

妹は、最近見たという役者絵に描かれた團十郎に夢中でしたので、そんなことを言っていました。とはいえ、私も同じように、どんな殿方が婿になるのかと、思いめぐらすのは楽しい日々でございました。

しかし、そんな夢見がちな日々は、十日も続きませんでした。

「そなたの許嫁は、坂本《さかもと》家の正二郎《しょうじろう》だ」

父に告げられたその名は、十分に知った人物でした。幼い頃から近くの役宅に住まっていた御家人の次男坊。手習いもほどほどの腕前で、剣術道場でも腕が立たない。見目も特徴がなく、おとなしいだけが取り柄だと、近所で噂《うわさ》されていた二つ年上の少年でした。

落胆した……というのは言い過ぎかもしれませんが……落胆したのでございます。どれほど手習いを励んだところで、あの正二郎の嫁になるのかと思うと、筆を握る手も力が入りません。どれほど琴や舞を励んだとしても、見せる相手が正二郎かと思うと、おざなりになります。すっかりやる気をなくした私を見かねた琴の師匠は、

「一体、何があったのです」

と問われました。私は事情を話し、

「つくづく、女はつまらない」

と嘆きました。師匠はそれを黙って聞いていたのですが、やがてふと首を傾げてから、うん、と深く頷かれました。

「本当に、逃げたいと思ったら逃げ道はありますよ」

「まさか、出家をせよとおっしゃるのですか」

すると、師匠はにっこり笑います。

「私は武家の生まれですが、夫はおりません。こうして師匠として暮らしを立てています。それは、大奥づとめをして参ったからです。お上のために働いて来たことで、こうして師匠としての箔をつけることができました」

「大奥づとめ……でございますか」

「そうです。大奥に入り、芸事をさらに磨くもよし。立身出世を図るもよし。ただ……」

師匠はそこまで言って言葉を止めました。そして私をしみじみと見詰めて、深くため息をつきました。

「当たり前の生き方の方が、楽だということもあります。役宅に住まい、子を産み育て、夫に尽くすのは、誰とも争わず、平穏に生きる道だというのもまた、事実です」

そう言って師匠は優しく私の手を取りました。

「よく、お考えなさい。ただ、逃げるのならば、いつでも力になりましょう」

師匠は母よりも年かさではありますが、評判の美人でありました。

「あちらのご主人は、師匠の元に通っていた」

とか、

「師匠の家から、若い男が出てきた」

とか、色めいた噂がいつもふわふわと漂っていましたが、私が見る限りはいつも一人でしっかりと立っていました。大奥で御側室の女中をしていたということで、一通りの行儀作法を習いたいと役宅の娘たちがこぞって師匠の元を訪れるので、暮らしぶりはずっと良かったようです。私からすると、耐え忍び、質素に暮らす母よりも、師匠の暮らしの方がうらやましいとさえ思うこともありました。

ただ、その時はそれでも、普通に生きる方が幸せだという師匠の言葉の響きもまた、確かなものに聞こえていたので、奥勤めをしたいとは、母にも父にも妹にも言うことはありませんでした。

私が十六になると、十八になった正二郎は、当たり前のように家に出入りするようになりました。近所でも正二郎が私の許嫁であるということはすっかり知れ渡っており、私はそのことが恥ずかしくて仕方ありませんでした。

「大人しくて、優しい人だから」

と、母に説き伏せられていましたが、それは全く違っていました。

正二郎の兄、良太郎《りょうたろう》は、手習いもよくでき、剣の腕も立つと評判でした。その兄の前では縮こまって大人しくしていただけだったのでしょう。私を嫁にして一家の跡取りになるからと、まだ祝言《しゅうげん》を上げる前からひどく横柄《おうへい》になりました。家を訪れては、

「だからこの家の者はなっていない。変えていかねばならない」

と、父がいないときに限って、母や私、妹を相手にとうとうと説教をするのです。言っていることは中身がなく、繰り言のようなものでしかないのですが、その間、耐えなければならないのが辛《つら》くて仕方ありません。

母は何度も、

「申し訳ありません。至りませんで」

と、頭を下げます。妹は萎縮《いしゅく》してしまって何も言いません。私は頭を下げるのも、言い訳をするのも違うと思い、知らぬ顔をしておりました。そのことに苛立《いらだ》っていたようですが、知ったことではありません。

しかし、私の心持などは捨て置かれ、春には祝言を上げることが決まってしまいました。祝言を翌月に控えたある日のこと、当家を訪れた正二郎は、父と酒を飲んで酔ってしまい、そのまま泊まることになりました。

その夜、私が部屋で寝ていると、何やら物音がします。怪訝《けげん》に思った次の瞬間、何かがのし掛かるような重さを感じて目を開けると、私の体の上に正二郎が乗っておりました。暗がりで爛々《らんらん》と目を光らせている正二郎は、私が声を上げると思ったのか、手で私の口を塞《ふさ》いでいました。隣には妹が寝ています。

「どうせ嫁になるのだから、早まってもよいだろう」

そう言いながら、寝間着の中に手を忍ばせて来たのです。私はその途端、頭に血が上るのを覚えました。口を押える正二郎の手にかみつき、怯《ひる》んだ隙《すき》に足で正二郎の鳩尾《みぞおち》を蹴《け》り上げました。正二郎は強か尻餅《しりもち》をついて、その騒ぎで妹が起きたのです。

「どうしたのです」

妹の声が聞こえましたが怒りに我を失っていました。私は傍らにある衣桁《いこう》を引き倒し、衣桁の竿《さお》で正二郎を打ち付けました。

「やめろ」

叫ぶ正二郎を、それでも打つことをやめられず、気づくと部屋の縁から外へ、正二郎は転がり落ちておりました。私は寝間着も着崩れておりましたし、髪も散々な有様でしたが、衣桁の竿を握ったまま肩で息をして仁王立ちしていました。

騒ぎを聞いた両隣の家の人々が、庭を覗《のぞ》き込んだ時には、庭に転がる正二郎と、仁王立ちする私の姿を見ることになったのです。半泣きの正二郎と、怒気を放つ私を見れば、何があったのかは一目瞭然《いちもくりょうぜん》だったことでしょう。

「何事だ」

父が部屋に怒鳴りこんで来ましたが、その有様を見てしばらく呆気《あっけ》にとられていました。

「お前……どう……」

どうしたのかは聞くまでもないのでしょう。父は立ち尽くしたまま思案を巡らせているのが分かりました。私は咄嗟《とっさ》に手をついて、父に向かって頭を下げました。

「父上様、勝手をお許し下さいませ。私はかねてより、大奥にお勤めに上がりたいと思うておりました。しかし家を継ぐのがわが務めと、耐えておりましたものの、かように無体を強いられそうになり、心が決まりました」

突然の娘の告白に、父は石になったように固まっておりました。

「何をふざけたことを言っておる。貴様のような女に何ができる」

叫んだのは、庭で転がる正二郎でした。体面を重んじる父は、この事態を前にして何を思ったのか分かりません。ただ幾許《いくばく》か、娘を思いやる気持ちがあったのでしょう。正二郎に悪し様《あざま》に罵《ののし》られたのが我慢ならなかったのかもしれませんし、既に庭の垣の向こうに近所の人が物見に来ていることに気付いたのかもしれません。

「儂《わし》も、かねてからそなたの器量は惜しいと思っていた。上様にお仕えしたいというのなら、その望みを叶《かな》えよう」

父はそう言うと、ようやく庭で立ち上がった正二郎に向かって、深々と頭を下げた。

「正二郎殿、申し訳ござらん。此度《こたび》の縁はなかったことにして下され」

こうして、縁談は破談となりました。

私は父に叱《しか》られることを覚悟しておりましたし、父に縁を切られることもあり得ると思っておりました。しかし父は、なけなしの金をはたいて旗本家への養子縁組の話をまとめ、私の奥入りを後押ししてくれました。

「お許しいただけるとは思いませんでした」

私が恐る恐るそう言うと、父は渋い顔をしました。

「無論、何もない時に奥入りをしたいと言われたら、そのような話は聞かなかったとにしただろう。しかし、あの有様を見て、あの場で言われたならば、受けざるを得ん」

父の言い分ももっともです。そして父は、ふっと苦笑を漏らしました。

「それと、あの正二郎という男が儂はどうにも好かなかった。儂の前では大人しくふるまいながら、そなたらの前では居丈高にしていたのを、儂が気づかないとでも思ったのだろう。それでもそなたが耐えてくれるならば、家の安泰のためにはこれで良いのだと自らに言い聞かせていたのだが……」

改めて私を見つめると、何かを思い出すように目を閉じました。

「そなたが生まれたのは、丙午《ひのえうま》の日だった。丙午の女は強すぎて縁遠くなる故、そなたの母に何故あと一日耐えられなかったのかと、無体を申したこともある。その時から、さだめは決まっていたのだろう」

そして私に、これまで見たことがない優しい笑顔を向けたのです。

「あの夜のそなたは、さながら武神の如《ごと》くであった。あれが衣桁の竿ではなく、長刀《なぎなた》であれば、巴御前《ともえごぜん》と見紛うほど。そなたは、この家の誇りとなるよう、出世をせよ」
私はこうして送りだされて参りました。

かような次第で奥入りした私は、出世を望む一方で、御手付き中﨟になる自信がありませんでした。見初められる気もしませんでしたし、万一、見初められたとしても、また、あの正二郎の時のように上様の鳩尾を蹴り飛ばしてしまったら、今度は大奥の外へ逃げれば良いというわけにはいきません。恐らく……いえ、間違いなく御手打ちになることでしょう。さすがにそこまでの覚悟はありませんでした。

一度だけ、御年寄様のお計らいにより、上様のお姿を拝見したことがございます。お庭を歩いて来られた上様は、御年五十を越えておられ、ふくふくと太った白髪の御方でいらっしゃいました。お隣にいらしたお美代の方様は、白磁の肌とはこのことかと思うほどの美しさ。お二人がこちらへと歩いて来られた時、私は思わず御年寄様の陰に隠れてしまいました。そのため、上様は私の影すら見ることがないまま、通り過ぎてしまわれました。

御年寄様は、私のその態度をお叱りになるかと思ったのですが、

「嫌なら嫌と申せ」

と笑っておられました。嫌……というのも無礼千万でございますが……致し方ない本音というものもございます。

ですから、御年寄様から、御手付きではなく、お清としての立身出世の道があると教えていただいたことで、私の心持は大分、軽くなりました。

「お利久は何か芸はできるのか」

出世の道の第一歩を「お清」でいくと決めた時、御年寄様はそう尋ねられました。

「芸でございますか」

「舞でもよい。謡、琴、何でも良い。何かできるか」

「一通り、習ってはおりますが」

正直、一通り習ってきた、という程度の話でしかありませんでした。何せ、道半ばで正二郎の嫁になることがわかり、その後の修練を怠っていたのもまた事実です。しかし、琴は手すさびに弾き続けておりました。書も好きで、それにつれて歌を詠《よ》むことも嗜《たしな》んでおりました。

「お見せするほどのものでもございませんが」

「とりあえず一通り、見せてみよ」

やむなく御年寄様や部屋方のお局《つぼね》様らの前で歌を詠み、琴を弾き、舞を一指し舞ってみせました。しばらく黙ってから、御年寄様はうむ、と深く頷かれ、

「琴はいい」

とお褒めいただきました。

それにしても、何故に芸なのか。

「お清として出世するには、まず御台様のお気に召すことが大切になる。上様がおいでにならぬ間、御台様をお慰めするのが、お清の御中﨟たちのお役目。御目見得以上の御次《おつぎ》は、御台様の身の回りの世話から、御台様のお部屋を芸事などで盛り立てるのも務め。その御次になるために、まずは御三《おさん》の間《ま》に入ってみるか」

そう言って、背を押していただきました。

御三の間は、元々、御台様の水回りなどをするのが仕事でございます。御台様が入浴をされる際には、湯と水を混ぜ合わせ、丁度良い湯加減にして運びます。寒い日には、火鉢の火を熾《おこ》す。手すさびの煙草盆《たばこぼん》などの支度をするのも、私たち御三の間の務めでございます。

それ以外にも、御中﨟、御年寄といった皆様の雑用を承ります。いわば奥女中としての出世の一歩目。そこから、御次や呉服《ごふく》の間《ま》、御祐筆《ごゆうひつ》といった御目見得以上の女中

として、出世していくのです。

私は御年寄様からの助言に従い、御次を志すことにしておりました。御次は遊芸に優れていることが求められます。中には外から招いた御狂言師に直々に芸を習ったという芸達者たちまでいるということでした。そんな中で、私くらいの琴の腕前を持つ者は飽くほどにおります。また、必ずしもその腕前を披露する場があるわけではありません。

御台様の一日は昼四つに上様に朝のご挨拶《あいさつ》をなさった後は、夕七つに夕餉《ゆうげ》を召しあがられるまでは、お好みの過ごし方をなさいます。その日、何をしてお暇を過ごされるかによって、呼ばれる女中は異なります。

「舞を見たい」

そう仰せになれば、舞の上手が呼ばれます。

「歌を詠む」

そう望まれれば、歌の詠める女中たちが呼ばれます。

「琴を聞きたい」

で、ようやっと私は出番を迎えます。

ある日のこと、

「そなた、参れ」

御次が私をお召しになり、伺ったのはお庭でございました。緋毛氈《ひもうせん》を敷かれたお庭では、ちょうど桃の花が盛りの頃でございます。美しい花が咲き乱れる中、御台様はじっと座っていらっしゃいました。遠目に拝見した御台様は、どこか他の御中﨟様方とは風情《ふぜい》が異なります。

「御台様は代々、お公家《くげ》から嫁いでいらっしゃいますからね。万事、京風なのですよ」

同じ御三の間にいた年の近いお豊《とよ》代さんに教えていただきました。

当代の御台様は、薩摩《さつま》島津様の御家に生まれた後、公家に養女に入られてから御輿《おこし》入《い》れされています。とはいえ、御台様にまつわるものは、代々受け継がれ、公家のしきたりが多くございます。

御台様の御前でいざ楽を奏《かな》でるとなると、緊張して手が震えてしまいます。それでも他の女中たちと共に琴を爪弾《つまび》きますと、舞の上手な女中がそれに合わせて舞います。その様子はまさに天上の宴《うたげ》でございましたでしょうが、私にとっては冷や汗の滴《したた》る地獄のような時でございました。指は攣《つ》り、思うように音色が出せません。他の方のお邪魔になってはと、焦《あせ》れば焦るほどに楽の音が遠ざかるような心地になります。

隣で爪弾くお豊代さんは、それは流れるような手つきで琴の音を響かせています。

私は何度か息を整えて、ようやっと弾けるようになりましたが、己のことを「琴の上手」などと名乗り、御三の間に参ったことが恥ずかしくてたまらず、項垂《うなだ》れておりました。

「その者」

不意の声に顔を上げると、御台様の側付きの女中の方でした。私は慌《あわ》ててそちらを向くと、その方が指しているのはお豊代さんでした。

「なかなか良い腕をしておる。励みなさい」

お豊代さんは、はい、と返事をなさり、深々と頭を下げられました。私はそのお豊代さんの姿を横目に見ながら、居たたまれない思いだけが溢《あふ》れたのです。

「お豊代さんは本当にお上手なのですね」

私が申しますと、お豊代さんは静かに微笑まれました。

「私は、琴のみならず、笛も三味線も、楽という楽が好きなのです。されど、武家の娘であれば、芸人になることなど叶うはずもなく、せいぜい父とその客人に聞かせることしかできません。奥へ入れば存分に弾けると聞いて、奥入りを決めたのです」

お豊代さんは、心から嬉《うれ》しそうでした。

その後もお豊代さんは、しばしば御台様からお声が掛かりました。一方、私はと言うと、何とか途中で指が攣るようなことはなくなりましたが、せいぜい皆様のご迷惑にならぬように静かに爪弾くことしかできません。これでは、御台様にお声を掛けていただくどころか、せめてお叱りを受けぬようにするのが精一杯です。

これではいけないということは分かっているのです。ただ、突破する道筋が分からぬ日々が続いておりました。

そうして奥に入りましてから、三年の月日が経《た》とうとしておりました。三年奉公いたしますと、六日の里下がりが許されます。私としては、里に合わす顔もないというのが本音ではございますが、ある文が届いたのです。

「香奈《かな》が婿を取る」

素っ気ない父の文に記されていたのは、妹の婿取の話でした。私はそれが案じられてなりませんでした。

いつぞやの一件で、正二郎はあちこちに私の悪口を吹聴《ふいちょう》していたそうです。おかげで我が家は肩身の狭い思いもしたということを、奥に入ってから伝え聞き、申し訳ない思いでいました。

気が重くはありますが、ここで背を向けたのでは、いよいよ父母にも妹にも合わす顔がなくなります。

里下がりをすると申し上げますと、御年寄様は土産として、私に珍しい京の干菓子を下さいました。また、

「奥勤めをしているものが、みすぼらしい恰好《かっこう》をするものではない」

そうおっしゃって、お古の着物や簪《かんざし》を頂戴しました。日頃よりも華やかな装《よそお》いで駕《か》籠《ご》に揺られて帰ってみると、役宅の周りには近所の見覚えのある顔ぶれが、物見のように大勢おりました。私は会釈《えしゃく》を一つして、懐《なつ》かしい小さな役宅に入りました。

「おかえりなさいませ、お姉様」

別れた時には十三だった妹の香奈はすっかり大人になっており、私を笑顔で迎えてくれました。母もまた、私の好物だった大根の煮つけを作って待っていてくれました。

父は、相変わらず気難しい顔をしておりましたが、それでも、

「達者そうで何より」

と言って、それなりに歓待してくれました。

母と共に台所におりましたら、母が妹の婿取について訥々《とつとつ》と話してくれました。

「そなたのことがあって、父上も色々と思い悩まれたようです」

父は、私が家を出たことよりも正二郎のことに怒り、またそれを選んでしまった自分に対しても怒っていたということでした。

「人品も見極めず、条件で折り合ったのが悪かった。しかも、女子《おなご》の悪口を吹聴するような武士の風上にもおけぬような輩《やから》であったということは、我が不覚。この際、身分は問うまい」

そうして自らあちこちに足を運んで婿がねを探したそうです。

「御徒士《おかち》の家の三男坊でね。父上がお会いになりまして、人となりの優しい方と、一目で気に入って、話をまとめてきたそうです」

妹もその若者を気に入り、近く祝言を上げるということでした。

「そなたの里下がりに合わせたかったのですが、日柄やら何やらで手間取り、すみません」

母は恐縮してそう言いました。

「いえ、いいんです。私が騒ぎを起こしたことで、香奈の縁談にまで災いが及びはしないかと、案じていたのですが……」

すると母は首を横に振り、私の手を取りました。

「そなたには申し訳ない。はじめからこうして婿を選んでいたなら、要らぬ苦労をすることもなかったでしょうに……」

私はうっかり涙が溢れそうになるのを堪《こら》えました。

「いえ。これも縁というものでしょう。奥勤めも多くのことが学べて、なかなか楽しくさせていただいております」

「私には思いも及びませんが、そうであればよろしいのです」

母の言葉が身に沁《し》みました。

その夜は、静かに家族で食事をしました。

深夜になっても寝付くことができず、私は縁に腰かけてぼんやりと月を眺めておりました。

「姉上」

声がして、縁の障子が開き、香奈が顔を覗かせました。

「香奈、眠れないのですか」

「ご一緒してもよろしいですか」

香奈はそう言って、私の隣に座りました。こんな風に隣に座るのは、いつ以来かと思い返しますと、幼い日に、共に縁側でままごとをして以来のようにも思われました。

そんなことを申しますと、香奈は笑いました。

「姉上はいつも、お忙しかった」

そうであったかと記憶を手繰りました。すると香奈は続けます。

「姉上は、総領娘。この家を任せる娘であるからと、幼いころから父上も母上も、私よりも格別な扱いをされておりました。一応、私も手習いなどいたしましたが、どこへ参りましても、お姉様の結衣様は、それはそれは素晴らしい腕前で……と、言われ続けていたものです」

香奈はそう言って、遠くを見つめます。

「その姉上が、あの正二郎を婿に取ると知った時、私は悔しくもありました。姉上は私の自慢でした。それなのに、あんなつまらぬ男を義兄と呼ぶのは耐えられない。だからあの日、お姉様が正二郎をこの庭先に転がした時、胸がすく思いがしたものです」

庭に転がり落ちて腰を抜かしていた正二郎の姿を思い出し、いまさらながら可笑《おか》しくなって、姉妹二人で顔を見合わせて笑いました。ひとしきり笑ってから、香奈はふっと笑顔を納めました。

「その姉上が、家を捨てて大奥へ行くとおっしゃった時、私は正直、姉上をお恨み申し上げました」

さもあろうと思いました。あれほどの大立ち回りを目の前で見せた挙句、私は全てを捨てて大奥へ逃げたのです。妹がその後、課せられる重荷を知りながら……。家から出る日には、香奈の顔を見ることができませんでした。

「婿を探すと父上が言いだした時には、父上のこともお恨み申し上げ、それに対して何も言ってくださらない母上のこともお恨み申し上げ、何やら世の中に見捨てられたような心地がしたものです」

そう話す香奈の顔は、どこまでも穏やかでした。私はその表情を見て、ほっと一息つきます。

「今は、どうなのです」

私が問うと、香奈は静かに微笑みました。

「今は、恨んでおりません」

「それは、婿殿が良い方だからですか」

「はい」

御徒士と御家人では、身分こそ違いますが、父や母、香奈にも心配りを忘れない、穏やかで賢い御仁なのだと香奈は嬉しそうでした。

「私も、香奈には申し訳ないことをしたと、ずっと気に病んでおりました。しかしそれも、もう案ずることはないのですね」

私が言うと、香奈は、はい、と頷きました。

私は、心の底からほっとした気持ちと同時に、何やら言い知れぬ寂しさも覚えました。この家と私をつないでいた絆《きずな》の糸が、どんどん細く、薄くなっていくような心となさです。私がいなくては立ちいかないはずだったこの家が、私がいなくても回っていくようになる。それは、大奥に入った時から決まっていたこととは申せ、苦い痛みを伴うことでもありました。

「姉上は、大奥でのお暮らしはいかがですか。それは華やかなものでございましょう」

妹に問われ、私は思わず胸を張り、

「もちろんです。天下の大奥でございますから」

と言ってから、わざと声を潜めてもったいぶって見せます。

「くれぐれも内密の話でございますよ。実は私は、上様にもお会いしたのです」

「まあ、上様はどのような御方なのですか」

「それはもう、天下人はかくあろうというご立派なご様子でいらっしゃいましてね。ご一緒されていたご愛妾《あいしょう》の方様は、天女のような美しさ。眼福でございました」

「まあ……」

香奈が目を輝かせて楽しそうに聞いてくれるのが嬉しくて、上様が小太りの男だなどとは言いたくありませんでした。

「私は御台《みだい》様の前で、幾度となく琴を弾いてお慰めしているのですが、私の他にも舞の上手な方がいらして、それこそ芝居小屋とは比べものにならぬ、それは優雅な宴です」

御三の間の末席で、出世の道が見えずに立ち止まっていることなど話したくはありません。せめても妹に見栄《みえ》を張りたくて、殊更《ことさら》に美しい話ばかりを掻《か》い摘《つま》んで聞かせました。

「姉上ならば、きっと大奥でもご出世なさるでしょう」

「ありがとう」

そう言いながら、ぎゅっと胸が締め付けられるのです。いつぞや、琴の師匠がおっしゃっていた言葉を思い出すのです。

「当たり前の生き方の方が、楽だということもあります」

妹を捨てて逃げ、傷つけてまで飛び込んだ大奥。戦いながらでも階段を上らなければ、捨てたものに見合うだけのものは手に入らない。

そう、強く思ったのです。

そこからは、何やら足掻《あが》いていたように思います。大奥の中で出世の道を邁進《まいしん》してこられた方々にお話を聞いたり、芸事に磨きをかけるために、こっそり琴の修練に励んだり、歌を詠んだり……。また御台様や御中臈《おちゅうろう》様方の雑用も、我先にとやっておりました。そうして立ち働くことで一歩でも前に出ようとしていたのです。

しかし、そんな必死の有様というのは、あまり傍目に美しいものではありません。

「ご無理をなさるものではありませんよ」

お豊代さんには優しく諭されました。既に大きく差がついている方に優しくされると、余計に焦りは増してしまいます。ほかの同じ年頃の御三の間の方々からは、時に冷ややかな態度をされることもありました。

「そうまでして出世なさらなくても良いのではありませんか」

露骨にそう言われたこともありました。

御三の間であっても、十分に禄《ろく》をいただいており、日々の暮らしに事欠くこともなく、里に仕送りをすることもできますから、確かにここで満足しても良いのでしょう。私自身も、出世そのものをそれほど望んでいるわけではないのです。ただ、出世を望まなくなってしまったら、己が虚《むな》しくなってしまうような、そんな危うさを覚えておりました。

楽しくもない苦労というのは、如実《にょじつ》に心身に堪《こた》えるものです。ある時、熱を出して倒れてしまい、御台様の宴の席に出ることも叶わず、長局《ながつぼね》の隅で寝ておりました。同じ部屋の奥女中たちが、何くれとなく世話を焼いてくれて、次第に熱も引いたのですが、心の空虚さは全く治る気配がありません。

夜半、部屋を出て、廊下で座り込んでぼんやりと月を眺めていると、向こうから深い藍色《あいいろ》の打掛を纏《まと》った方が歩いてこられるのを見つけました。その華やかな装いに、片はずしに結われた髪を見て、御目見得《おめみえ》以上の奥女中であるとお見受けして、その場で膝《ひざ》を揃《そろ》えて頭を下げました。

「そなた、御三の間であったか」

その声に、

「はい。利久と申します」

と、答えて顔を上げると、それは御祐筆のお藤《ふじ》様でございました。御年寄《おとしより》様よりややお若いので、三十半ばといったところでしょうか。抑えた色目の打掛がよく似合う、凛《りん》とした御姿の方です。

そのお藤様は、私の目の前をすり抜け、同じく廊下の端から空を見上げます。

「良い月じゃ」

詠《うた》うように呟《つぶや》かれました。そして私の隣にしゃんと腰を下ろすと、懐紙を取り出して私に差し出しました。私はそれを受け取って初めて、自分が泣いているということに気づきました。

「忝《かたじけの》う存じます」

お礼を申し上げて、しばらく黙ってお藤様の隣に座っていました。お藤様はそんな私の様子を見て、そしてまた月を見上げました。

「何ぞ、悲しいことでもおありか」

「さほどなことはございません。ただ、何やら力が入らぬのです」

私は首を横に振り、己の拳《こぶし》を握って見せようとしましたが、力が抜けるばかり。するとお藤様が、ふふっと笑われました。

「里下がりでもして参ったか」

「何故《なにゆえ》、そのことを」

私が図星を指されて驚くと、お藤様はゆっくりと頷《うなず》かれました。

「奥の中では、奥の理《ことわり》がある。されど世俗には世俗の理がある。この奥に覚悟を決めて参ったつもりでも、里に帰ると否応なく、あったはずだったもう一つの道を見せつけられる。すると何やら物足りなさが胸をつき、そなたのように廊下の端で泣いている奥女中に、これまでも何人も会《お》うたわ」

私はあまりにも心当たりがありすぎて、己が滑稽《こっけい》に思えて顔が火照《ほて》るほどでした。

「お恥ずかしい限りです」

「御三の間で、御次に仕えておるのか」

「さようでございます」

「そなた、御次は性に合《お》うていると思うか」

「と、おっしゃいますと」

「御次の面々は、それこそ芸達者で、そこから出世する者もある。しかし、出世を目論《もくろ》んでいると、気ばかり急《せ》いて苦しいやもしれぬ」

すでに御三の間から御次へ向かう道を定めたというのに、さらに困惑するようなことを言われ、眉を寄せました。

「出世をせねばならぬのです。そうせねば、置いてきた者たちに示しがつきません」

「置いてきた者たちのことなど、捨ておきなさい。あちらも我らを捨ておくのだから」

確かにその通りではございますが、何やら虚しさが増すような言い分でございます。

私が得心していないことを察したのか、お藤様は更に言葉を継ぎます。

「そなたはまず、己の性に合うことをすることが肝要ぞ」

「御次は、私に合いませなんだか」

「そなた、御台様の宴の席を楽しんでおるか」

私は絶句しました。

御台様は、大奥の頂点においでの方。上様の御留守の折に、お慰めするのが奥女中の務めであることは重々承知しています。されど、琴を弾いては噂話に興じる、あの宴の席を楽しいと思ったことは、ついぞございませんでした。

「御次で出世している者たちは、あの宴の席が大好きなのじゃ。明るい顔で舞を舞い、歌を詠み、楽を奏でる。御台様に心から尽くしていることは、御台様にも分かる故、取り立てられていく。しかし、己の出世のために少々腕の立つ楽を奏でるだけでは、心に届くはずもない。下々の芸人たちとて知っていることを、奥女中として修練を積んでいるそなたが分からぬはずもあるまい」

一言も返せませんでした。そしてお藤様はふと思いついたようにおっしゃいました。

「そなた、私のところへ参らぬか」

「祐筆衆に……でございますか」

「さよう」

「私が、祐筆……」

「その方が向いているのではないかと」

「何故ですか」

「いつぞや御年寄様から私へ賜った菓子を、そなたが届けてくれたことがあったであろう。その折、菓子の謂《い》われを書いた文が丁寧で手蹟《しゅせき》も美しかったので、心に残っておった」

目下《めした》の私のことを、すぐに「御三の間」だと言い当てられたのは、それ故であったかと、私は改めてお藤様のお顔を見上げました。

「気が向いたなら参られよ」

それだけをおっしゃると、打掛を翻《ひるがえ》して、そのまま廊下を後にされました。

確かに、御三の間からは御次になる者もありますが、御祐筆、呉服の間へと進む者もあります。祐筆という務めに思い至ることがこれまでなかったのですが、或《あ》るいは今とは違う道もあるのやもしれぬと、初めて考えたのです。

ただ、私がお見受けする限り、生半可な覚悟で頼ったとて、お藤様は許しては下さらぬように思われました。

それからは、改めて御三の間でのお役に向き合いました。御台様のお世話はもちろ

ん、宴の席でも、己の出世のことは忘れ、その宴をいかに楽しい時にするかを意識するようになりました。すると、朋輩《ほうばい》からは、

「良うなりましたね」

と言われました。無論、御次への道は遠いのですが、それでも務めに励むということの意味が少しずつ分かって来たように思われました。

同時に、お藤様のお言葉に甘えて、祐筆のお務めも拝見しました。

祐筆のお務めは、文を認《したた》め、記録を作り、それらを整理すること。御台様をはじめ、大奥で生まれた上様の御子たちの日々の記録。さらに、皆様から各藩、諸侯への文を認めるのも祐筆の役目です。御祐筆衆は、御祐筆頭を含め十人余り。更にそれぞれの御付女中があります。

「祐筆は、奥で起こる全《すべ》てを記録し、後の世の大奥に伝えることがお務めなのです」

お藤様のお話をうかがって、私は胸の躍る思いがいたしました。幼い頃から書は好きでしたし、本を読むことも大好きでした。しかし、女子が読むものではないと禁じられており、せいぜい文を書くことくらいしかできなかったのです。しかしここでは公然と、女たちがお上の書物を認めている。文机《ふづくえ》に向かう女たちの横顔を見て、私は強い憧《あこが》れを覚えました。

「ここは女だけの大奥ですから、男のするお役目も、女がするのは当然のことです」

お藤様のお言葉に、大奥に来たことの面白みを初めて痛感したのでございます。

そのことを、御年寄様に申し上げますと、御年寄様はお藤様のことをお話し下さいました。

「あの者は、怖いものがない」

お藤様は祐筆になる以前、上様の御目に留まったことがあったそうです。お藤様は御台様付きのお清《きよ》の女中でしたから、たとえ上様といえども、御台様のお許しなくお召しになることはできません。とはいえ、大抵の場合は上様が仰《おお》せになれば、御台様はお認めになり、上様付きの御中﨟になるのが通例でした。

「しかしお藤は、上様の御申出をお断りしたのじゃ」

御年寄様は面白そうにおっしゃいます。

「私は一生涯、御台様にお仕えする覚悟で、奥に入りました。その誓いを覆《くつがえ》すくらいならば、ここで御手打ちになっても構いません」

はっきりと言い放ち、周囲が慌てたそうですが、上様はそれを面白がり、

「忠義者よ」

と、お褒めになられたそうです。

私なぞからすると、背筋が寒くなるような恐ろしいことに思われますが、お藤様のお近くにお仕えしてみると、なるほど確かに、そうしたことをおっしゃっても不思議はない人となり。同じ御祐筆に対しても遠慮はせず、目上の御中﨟様や御年寄様が相手でも、物おじすることなく意見をされます。しかし遺恨を残すことなく、爽快《そうかい》ですらありました。

私はというと、そんなお藤様の元、書の心得はあったものの、祐筆の御付女中としての仕事は、並々ならぬ修練を要しました。

「御中﨟様からの御礼の御文につきましては、この手蹟で。そして、こちらの御文は、この手蹟で。この文言をお使い下さい。以前の御文はこのようにいたしました」

筆跡の癖をなくし、その御方になりきって書くことも祐筆の仕事のうちでございます。また、藩や商人からの願い事などについては、一切の確約をしてはならないことなど、細かいしきたりが多くありました。

そして、文の最後には決まって「めでたくかしく」と記します。これは宮中の女房《にょうぼう》奉書《ほうしょ》にならったものだそうです。

「この、めでたくかしくは、相手の御方を称《たた》え、畏《おそ》れる。文の結語ではあるが、同時にこの大奥の女の在り方にも似ている。己の道を貫くならば、尚《なお》のこと他を認め、畏れ敬うことが肝要と、私は思う」

お藤様は美しい筆跡で記しながら、そう呟くような声でおっしゃいました。それを聞いてからというもの、私は文の最後にこの言葉を認める度に、身が引き締まると共に、誇らしくも思うようになりました。

さらに大奥の中を見て回り、御側室の元で生まれた御子様方のご様子や、上様の御言葉などを聞いて回ることも祐筆付きの女中としての務めでしたので、部屋方の女中や、御次の周囲にいるよりも、より一層、大奥のことについて様々なことを知りました。

そんなある日のこと、お藤様と共に、ある御腹《おはら》様の姫君がお風邪を召されたと聞き、お見舞いに訪れました。

「姫様の御具合が早う良うなられますように」

お藤様は丁寧にご挨拶をなさいます。御腹様は、とても大人し気な御方で、一人の姫を大切に慈《いつく》しんで育てていらっしゃるご様子でした。そして横になられた姫の頭を静かに撫《な》でながら、苦い笑いを浮かべられます。

「上様は、姫の名などお忘れですよ」

それは淡々とした口調ではありましたが、重苦しい響きを含んでいました。戸惑う私を他所《よそ》に、お藤様はゆっくり首を横に振ります。

「私が、姫様のことをきちんと日記に書いております。それは上様の御目にも届きます故、上様は姫様の好物が何かもご存知ですよ」

お藤様の言葉に、御腹様が緊張を解《ほぐ》して笑顔を見せて下さいました。そのお顔を見て、お藤様が己のお役目に自信と誇りを持っておいでなのだと感じました。

お見舞いの帰り、大奥の長い廊下を私はお藤様に従って歩いておりました。するとお藤様がふと足を止めて空を見上げられました。

「寒いと思いましたら、雪ですね」

曇天から白い雪がちらりほらりと舞い降ります。私はその空を見上げてから、雪を見るお藤様の白い横顔を拝見しました。その時、御年寄様からうかがったあの噂《うわさ》について、聞いてみたいと思ったのです。

「お藤様は、かつて、上様の御中出をお断りになられたとか」

すると、お藤様は驚いたように目を見開いてから、ほほほ、と声を立てて笑われ、

「まあ懐かしい。さようなこともございましたね」

さらりとおっしゃいます。

「何故、お断りになられたのですか」

「無論、私も上様をお慕い申し上げていれば、御台様を裏切る心も乗り越えましょう。上様は上様として敬いこそすれ、殿方としては好みませんでしたので」

私は絶句しました。

「いかがしました」

「いえあの……たとえそうであったとしても、命を懸けてまで断ることはありますまい」

「好まぬ男と添いたくないのは、当たり前のこと。それは市井《しせい》も大奥も同じでしょう」

おっしゃる通りでございます。そう言われると、正二郎の鳩尾《みぞおち》を蹴《け》り飛ばして大奥に逃げてきた私も、何も申せません。

「私は悔いていませんよ」

お藤様ははっきりとそうおっしゃると、再び私に背を向けて廊下を歩いて行かれます。その凜とした背を見ながら、ふと、私の心にも過《よぎ》る思いがありました。

「されどお藤様。女として恋さえできぬ人生を、虚しくは思いませんか」

流石《さすが》にこれは無礼であったかと、私は思わず口を噤《つぐ》みます。するとお藤様はゆっくりと私を振り返られました。

「ここにいては恋ができぬなどと、誰が決めました」

その時、私の中に、黒い疑念が渦を巻きました。私が奥入りする前、代参していた奥女中たちが、寺の僧侶《そうりょ》を相手に不埒《ふらち》な真似《まね》をしていたという噂があったからです。ある奥女中などは僧侶の子を孕《はら》み、奥を去ったという話も実《まこと》しやかに聞こえておりました。

「もしやその……例の代参のようなことを、お藤様もなさるのですか」

するとお藤様は、今度は高らかに笑われました。

「さような下卑た真似をするのは、心根の貧しい証《あかし》ですよ」

そして、ふと庭に目をやりました。庭には、今を盛りの椿《つばき》の花々が鮮やかに美しく咲いております。白い雪がその上に降り、一幅の絵のように美しい景色でございました。しばらくそれをじっと見ていたお藤様は、一本の椿の方に向かって嫣然《えんぜん》と微笑《ほほえ》まれました。

「触れずともできる恋もある。胸の内深く抱いていれば、それは己の宝になろう」

そして再びお藤様は歩き始めました。

私はその後を歩きながらふと、先ほどお藤様が見ておられた椿を見ます。すると、赤い椿を挟んだ向こうの廊下に、一人の殿方が静かにたたずんでいるのが見えました。

それは、小納戸《こなんど》役の奥之番《おくのばん》の方でした。私は名も存じ上げませんが、以前に上様の御側近くにいらしたのをお見掛けしたことがございます。奥に入ることができる数少ない殿方の御役です。とはいえ無論、こうして廊下の向こうとこちらは、近いようで遠く隔てられております。

その方はただ、お藤様と静かに視線を交わしておられました。やがて、お藤様は何も言わずに会釈をして廊下を渡られます。その方は、去りゆくお藤様の横顔を黙って見つめてから会釈を返し、ゆっくりと廊下の向こう、中奥へと渡って行かれました。

そこには何の言葉もございませんし、ましてや触れることもございません。お二人に何があったかということは、私は知る由《よし》もないのですが、その密《ひそ》やかな視線の交わりに、何やら胸が高鳴ったのを覚えております。

こうして今は、ようやっと大奥の中で己の務めを見つけ、祐筆というお役目に精進しております。その日々の中では、大奥におります様々な女の生き様を目にすることがございます。それについて、私がお藤様にお話し申し上げるのが日課になっておりました。

「さほどに関心があるのなら、そなたなりに皆に聞き書きしてみれば良いではないか」

お藤様の仰せに従い、お役目の合間に大奥のあちらこちらで話を聞いて回っております。

「ひのえうま」のさだめとやらを恨んだこともございます。されど今はそれもまた楽しいと感じつつ、私なりに上様にお仕え申し上げている次第です。

いろなぐさの女

お松《まつ》の場合

名は体を表す、と申します。しかしその名が当人とかけ離れていると、それはもう枷《かせ》以外のなにものでもございません。

私は名を「染《そめ》」と申しました。父に名付けられたこの名は、私にとって正に枷。人前に立つことが苦手で、常に物陰に隠れて暮らしていた少女時代の私にとって、

「お染」

などと、色鮮やかな名で呼ばれても、不釣り合いに思えて窮屈でした。いつか、落《お》窪姫《くぼひめ》のお話を読んだ時、いっそ私の名が「おちくぼ」であったのなら、どれほど楽に生きられるだろうと思ったものです。

そんな私ではありますが、生まれが旗本の家であったことから、大奥でお仕えするという話が降ってわいたのでございます。と、申しますのも、奥勤めをしていた叔母

が亡《な》くなり、その後継として招かれたのでございます。それが十五の年、文政《ぶんせい》六年のことでございました。それまでこれといって人生について深く思いを致すこともなく、いずれ親の決めた人の元に嫁ぎ、恙《つつが》なく人生を終えられればいいと考えていた私にとって、青天の霹靂《へきれき》でございました。

戸惑う私の心を他所《よそ》に、話は進んでしまい、気づけば私はお城の門をくぐっておりました。

私がお仕えすることになった御中﨟《おちゅうろう》様は、二十年ほど前に、上様の御寵愛《ごちょうあい》を受けられたお仙《せん》の方様でした。お仙の方様は、姫を一人産み参らせ、御腹《おはら》様となられたのも束《つか》の間《ま》、幼くしてその姫が身罷《みまか》られ、大変、悲しまれたそうです。

その御方様に初めて御目通りした時のこと。

「大奥の女は、それまでの名を捨て、新しい名に変えねばならない。そなた、名は」

「染と申します」

「お染か。では、これより後は、そなたの叔母の名を継いで、松と名乗りなさい」

御方様から名をいただいた時、私はようやく長年負って来た「染」という重荷を放たれたような思いがいたしました。

松は、その異名を「色無草《いろなぐさ》」と申します。季節を経ても色を変えず、花も実も目立たない。墨絵に描かれるような松の姿が私の脳裏に浮かび、初めて名と体がしっかりと合わさった心地でした。

御方様は穏やかでお優しい方でした。口さがない人々は、既に上様の御渡りのない御方様のことを「昔の人」などと陰口を言っていましたが、

「今なお、寵を争っていては、疲れ果てて死んでしまう。上様のお世話はお若い方々がなさればよい」

と、悠然と構えておられます。おかげでこの局《つぼね》には穏やかな方たちばかりでみな優しく、緊張していた私は拍子抜けするほどでした。部屋方の女中としてお仕えした後、御三の間《おさんのま》に昇進。四年目には、叔母が務めていた呉服の間《ごふくのま》の女中になっておりました。

呉服の間というのは、その名の通り、大奥の奥女中たちの衣装を整えるお役目です。水回りの仕事をする女から、御台様《みだいさま》まで、数多くの女たちの衣装を整え、衣替えの季節にはその支度をします。

「なかなかの早さで出世しておられますね」

などと、他の局の方々に言われますが、私はこれといって努力もしておりません。奥入りする時にあれほど悩んだのは、取り越し苦労だったのかと思うほどでございました。

呉服の間には、それこそ毎日のように、城下はもちろん、各地から織物、染物が送られて参ります。並ぶ衣桁《いこう》には様々な着物が広げられており、奥女中たちはそれを見物するためだけに、呉服の間を訪れることもあるほど。

「まあ、何と美しい」

「これはなるほど、粋《いき》な柄ですね」

「こちらの色目は斬新《ざんしん》な」

そこここで交わされる言葉を聞きながら、次第に私は青ざめて行くのを感じました。

実は私は、衣桁の品を眺めてみても、果たしてそれがどうして粋なのか、どうして斬新なのか分からないのです。日ごろ、何を着るかさえ分からず、色とりどりの御衣装に囲まれながら、正に「色の無い草」のように縮こまっている私には、ここから先に困難が待ち受けているに違いないと、予感しました。

そしてそれは現実のことになりました。

御方様がお正月のための打掛を誂《あつら》えたいとお望みになり、私がその支度を整えることになりました。季節は九月のこと。

御方様のご贔屓《ひいき》だという呉服問屋の笠木屋《かさぎ》から早速、女将《おかみ》が訪ねて参りました。はじめ、どのような熟練の老女が参るものかと思っていたのですが、やって来たのは私よりも五つ、六つ年上くらいでしょうか。二十代半ばの潑剌《はつらつ》とした女でございました。

「この度は、お正月の打掛を誂えられると伺いました。どのようなものを御仕立ていたしましょう」

はっきりとした口調でそう言って、笑顔を浮かべるその女将は、名を千沙《ちさ》といいました。明るく聡明《そうめい》な千沙は、様々な図案や反物を持ち、私に見せてくれます。私はというと、

「はあ……それは、よろしいかと。そちらも、よろしいかと……」

と答えるのがせいぜい。次第に千沙が苛立《いらだ》ってくるのが分かります。それでも私は曖昧《あいまい》な返事を繰り返すことしかできません。

千沙にしてみれば、大奥の御中﨟様の打掛という、御用を承る立場。そのお役であるところの私に声を荒らげることなど、できないのも無理はありません。何度かこうした不毛なやりとりをした末に、ふと千沙が、優しい満面の笑みを浮かべました。

「お松様は、あまり御衣装にご関心がないようにお見受けしますが」

そう言ってから、

「いえ、その、お松様はまだお若くていらっしゃるから」

と繕いましたが、それは明らかに苛立ちから零《こぼ》れた言葉であることは間違いありません。

その夜、局に戻ってからも寝付くことができず、廊下に出てまんじりともせずに月を眺め、何故《なにゆえ》、このようなことになっているのかを思い返していました。すると、逃れがたく幼い日々が蘇《よみがえ》るのです。

私には姉が二人、兄が一人おりました。しかしその三人の母は父の前妻で既に他界しておりました。その父が後添いにと望んだのが、私の母であります。御徒士《おかち》の娘であった母は、姑《しゅうとめ》である祖母にたいそう嫌われておりました。と、申しますのも、母の母、つまり私の祖母にあたる人は、祖父の妻ではなく妾《めかけ》であり、深川の芸者であったことが気に入らなかったのです。

「生まれも卑《いや》しく、見目しか取り柄のない女を、この家の妻として娶《めと》るなど、言語道断」

最後まで強く抵抗していたそうで、母に向かって、

「家の名が目当てで、息子を誑《たぶら》かしたのだ」

と、詰《なじ》るのはいつものこと。母は派手な顔立ちを隠すために敢《あ》えて鈍色《にびいろ》の着物を着

て、祖母の怒りを買わぬように、さながら女中のような振る舞いばかりしていました。

やがて私を身ごもると、

「男の子なぞ生んでくれるな」

事あるごとに言われ、女が生まれた時には、心底安堵《あんど》したと言います。

そのような母から生まれた子ですから、祖母は私のことも気に入りません。しかも、顔も母に似ていたものですから、尚更《なおさら》、忌《い》み嫌われておりました。甘えようと手を握れば、

「媚《こ》びることだけ長《た》けた子だ」

と言われ、母が私に赤い着物など着せようものなら、

「女郎のようだからやめろ」

と叱《しか》られ、その都度、母は怯《おび》えて小さくなります。私は母が叱られることに耐えられず、いつも祖母に見つからぬように身を隠していました。

祖母がそんな様子ですから、姉や兄も私のことを可愛《かわい》がることなどありません。広い旗本屋敷の中にありながら、私が息をつくことができるのは、納屋《なや》の奥だけでした。父は、そうした母と祖母の確執に気づいていたのでしょうが、関わりを持つことを避けていたようでした。

やがて、十年上の一番上の姉が嫁ぎ、七つ年上の姉が嫁ぐと、少し家は広く感じられました。五つ上の兄は、跡取りということもあり、父と共に家の中では別格の立場にありました。都合、祖母と私と母、そして古参の女中たちという女だらけの中に、静かな諍《いさか》いがしばしば起きていたのです。母はことあるごとに泣き暮らし、それによって祖母がより激昂《げっこう》する。その有様を具《つぶさ》に見るにつけ、女の涙は女を苛立たせるものなのだということは分かってきました。私が母から学んだのは、己を守るためには、身を隠し、目立たず、口答えをせず、従うこと。

十歳になったある時、奥女中をしている父の妹が里下がりしました。三歳の頃にお会いしたことがあったようですが、私は覚えておりませんでした。ですから、駕籠《かご》で帰って来たその人が華やかな打掛を纏《まと》い、堂々と家に降り立つ姿に得も言われぬ感動を覚えました。

祖母は喜び、叔母のためにとご馳走《ちそう》を支度しました。私が驚いたのは、女でありながら、叔母が父や兄と、政《まつりごと》の話をしたことです。

「今の老中様は上様と仲がよろしくていらっしゃるご様子」

などと、はっきりとした口調でおっしゃり、端に控えていた私は、いつも怯えている母と、見比べてしまったほどでした。

「そちらが兄上様の末の姫か。大きくなられて」

そう叔母に言われ、私は身が縮みあがるほど緊張しました。

「姫などと呼ぶようなものではありません」

すぐさま応《こた》えたのは祖母でした。しかし叔母はその祖母の言葉を後目《しりめ》に、すっと立ちあがり、近づいて、私の顔をまじまじと見たのです。

「良い面差しですね。もっと優しい色目が似合うのに、なぜこんな鈍色を着せているのです」

問われた母は、

「分相応でございますから」

と、答えました。すると叔母は祖母を振り返り、

「母上様の孫なのですから、それらしくお育てにならねば」

と、仰《おお》せになりました。私はその短いやりとりの意味は分からなかったのですが、どうやら叔母は私のことを褒めて下さったのかもしれないと思い、面はゆい気持ちになりました。

その夜、厠《かわや》から戻ろうとすると、途中の部屋の障子が開いて、中から叔母が顔を覗《のぞ》かせました。

「お染、こちらへ」

おずおずと中へ入ると、叔母は先ほどよりもずっと優しい笑顔を見せてくれました。

「母上様は強情な方ゆえ、辛《つら》いことはありませんか」

私は唇を嚙《か》みしめて首を横に振りました。

「そなたも、そなたの母上も何も悪くない。堂々としていればいいのですよ」

そして、行李《こうり》を取り出して蓋《ふた》を開けました。中には色とりどりの衣が入っていました。

「私が幼い頃の衣装が、こんなにありました。貴女《あなた》にあげましょう」

「私に……ですか」

「ええ、ほら、ご覧なさい」

叔母は薄水色の着物を一枚取り出し、それを私に羽織らせました。そして鏡を向けます。私は鏡の中に映った自分の姿を見て、胸が小さく躍るのを覚えました。

「綺麗《きれい》……」

言ってから、私は恥ずかしさで真っ赤になり、口元を押さえて座り込みました。

「そうそう。綺麗じゃ。そなたは装《よそお》うことを覚えれば、もっとずっと綺麗になれる。それは己の心を支える力になろう」

私は、叔母の言葉の意味を深くは理解できていませんでした。しかし、それが心に温かく響いたのです。叔母の部屋から戻る廊下から見上げた上弦の月の美しさと共に、深く心に刻まれたのです。

叔母はそれからほどなくして、大奥へと戻りました。

私はもらった行李を母に見せました。

「叔母様に頂戴《ちょうだい》したのです」

すると、母は青ざめた顔をして、すぐさまその行李を奪いました。

「お姑《かあ》様に知られたら大変です。隠しておきましょう」

以後、二度とその行李を見ることはありませんでした。

装うということは心の支えになる、という叔母の言葉を一つの道標にしようと思った矢先、母はそれを恐ろしいことなのだと禁じました。それからというもの、私は着るものに関心を抱く心を、すっかりと封じて今日までを生きて来たのです。

叔母が大奥で亡くなられたと聞いた時、私はあの行李はどこに行ったのだろうと、思い出しました。しかし行李が出てくれば母がまた、不安に駆られるのかと思うと面倒になり、考えることをやめました。

そんな私に降ってわいたのが、奥女中として叔母の跡を継ぐという話でした。考えもしない話でしたが、珍しく祖母が賛同しました。

「このまま、あの子の跡を継ぐ者がいないよりは、卑しい血が混じろうとも、当家の娘が行く方がよい。お染しか残っていないのだから、お染に行かせましょう」

祖母が強く言えば、父も母も黙ります。私は迷う間もなく奥入りをすることになったのです。

母を置いていくことになり、母は奥入りの直前まで泣き暮らしていました。その母を哀れと思いながらも、私は新たな一歩を踏み出せることに嬉《うれ》しさもあったのです。

しかしながら、性根はそうそう変わるものではありません。よりにもよって装うことを司《つかさど》る「呉服の間」の役目は、私にとって心の屈託と向き合わざるを得ない、苦しいものでありました。

私は改めて空を見上げ、月を眺めます。

月は上弦。西に傾きかけています。これから満ちていくその月の姿は、あの夜のことを彷彿《ほうふつ》とさせます。己の内に深く封じていた叔母との記憶を、思い出そうとしていました。

「装うことは心の支えになる」

その意味を知るためにも、そして母のように泣き暮らさぬためにも、私はここで、泣いて逃げるわけにはいかない。

そう覚悟を決めたのです。

千沙の場合

正直なことを申しますと、私はたいそう、落胆したんでございます。その、大奥の呉服の間で、お若いお松様にお会いした時のことです。

私にとって、大奥呉服の間は、長らく憧《あこが》れの場所でした。

日本橋の袋物問屋の娘に生まれた私には、幼い頃より決められた許嫁《いいなずけ》がありました。それが、同じ日本橋にある呉服問屋笠木屋の息子で、五つ年上の勘兵衛《かんべえ》でした。

「千沙、これがお前の旦那《だんな》様だ」

父に連れられて初めて笠木屋を訪れたのが、十になる少し前のこと。その時の勘兵衛の様子は、まるで忘れてしまったんですが、店の奥に飾られていた打掛のことはよく覚えています。

藤色《ふじいろ》に、金糸銀糸で蝶《ちょう》が刺繍《ししゅう》されており、その場がぱっと華やぐような美しさ。お伽噺《とぎばなし》の姫君が着るものとは、このようなものではないかと見惚《みと》れたものでございます。

「これはお城の御用の御品だよ。お千沙もこの家に来たら、御用のためにお城の大奥に行くことになる」

隣にいた勘兵衛に言われ、私は早くこの家に嫁いで来たいと思ったのです。

店の旦那というのは、商いの細かいことには関わりません。それよりも商店同士の絆《きずな》を深め、世相を知ることで御店《おたな》を守るのが務め。一方、女将はお客様と直《じか》に顔を合わせ、市井《しせい》の流行を見極めて、商いを盛りたてるのが務め。一見すると、遊び人の旦那衆と、働き者の女将というように見えますが、そこはそれ、役目というものです。

「御店に嫁ぐということは、奉公のようなもの」

母にそう言われて参りましたので、すっかり働く覚悟ができていたこともあり、また、生来、商いが性に合っていたようです。嫁いで早々からお客様に可愛がられ、姑からも認められ、若女将として自信をつけて参りました。

嫁いで一年ほど経《た》ったころでしょうか。

「今日は一緒に行ってみようかね」

姑に言われてついていくと、そこは千代田のお城でございました。門をくぐり大奥七つ口を入ると、その更に奥にある呉服の間へ向かいます。そこには、これまでに見たとがないほどの豪奢な衣がそこここに広がっていました。見れば、越後屋や大丸といった大店もおり、笠木屋がその中で御用を承っていることを身に沁《し》みて知るにつけ、心躍るのを覚えました。

「笠木屋、ご足労でした」

声を掛けて下さったのは、薄紅梅の小袖《こそで》を着た奥女中でした。凜《りん》とした顔立ちに淡い色が似合い、柔かい風情《ふぜい》を醸《かも》しています。それが、先代のお松様でございました。

「此度《こたび》は御方様の菊見の宴《うたげ》の打掛故、裾《すそ》に菊花を刺繍で散らしておくれ」

「では、帯はこちらの御品でいかがでしょう。色目を抑えることで、落ち着きが出ます故」

お松様は優しい声音ですが、口調に迷いがありません。そして姑もまた、お松様を前に萎縮《いしゅく》することもなくはっきりと話をしています。

「お松様とお姑様は、あんなに近しくお話なさるんですね」

帰途、私が問いますと、姑は誇らしそうに目を細めました。

「それは共に幾つも仕事をしてきたからだよ。あのお松様の小袖も私が誂えたものさ。お千沙もいずれ、そうなれる」

姑の言葉に、私は胸が熱くなりました。

商家の女将と大奥の御女中では、身分は大きく違います。しかし、共に衣装を作ることで絆を作ることができるのだと知って、私はそれはそれは嬉しかったのです。

やがて、大奥でお松様が身罷られたとの報《しら》せが届きました。それからほどなくして、姑は卒中を患《わずら》い、世を去りました。大店とは言えぬうちのような呉服商が、御用商人となれたのは、ひとえに姑とお松様の絆があったればこそ。それ故に店の者はみな、落胆しておりました。

そのような中、お松様の御側付きの御女中から、御文を頂戴しました。

「亡きお松から、笠木屋は立派な跡継ぎを得られたと聞いている。ついては、今後ともよしなに頼む」

との有難いお話でした。

「お松様は、心底、お姑様を信じて下さっていたんですね。私も努めなければいけませんね」

私は店の者たちとそう言って慰め合いました。

それからも、幾度か大奥に御用に伺いましたが、細々とした仕事ばかり。いずれは御用を失《な》くすことになるのではないかと覚悟していた矢先のこと。姑を亡くしてから初めて、お仙の方様の新たな打掛を仕立てるという大仕事が舞い込んだのです。私は勇んで大奥へ参りました。

「……松と申します」

そこにいた呉服の間の御女中は、二十歳になるかならぬかといった若い方。蚊の鳴くような声で名乗ったきり、微動だにしません。

これが新しい呉服の間の御女中なのかと、私はしばし戸惑いました。何よりもまず、当人の装いが気になりました。まだ若いのに、濃藍《こいあい》で柄のほとんどない小袖に、黒い帯を締めています。色白で華やかな顔立ちだというのに、異様に地味なその装いは、顔色を暗く見せ、明らかにこちらに心を閉ざしているように見えました。しかし、そんなことで文句を言っている場合ではありません。私は店先で培《つちか》った愛想笑いを満面に浮かべました。

「何でも、先代のお松様にご縁があるとうかがいました。先代様には大変、お世話になりましたもので」

「……はい、姪《めい》でございます」

また、しばらくの沈黙が続きます。呉服の間のあちこちで、同じように御女中と商家の女将が楽し気に談笑しているのを聞きながら、私とお松様の間だけが、陰気な空気を漂わせているのです。このままではいけないと、私は再び笑顔を作りました。

「此度は、お仙の方様のお正月の打掛とのこと。いくつか反物や意匠をお持ちしましたので、ご覧下さいませ」

私は、反物などを色々と見せながら、お松様の様子を窺《うかが》います。何せ、呉服の間の御女中なのですから、当人の装いはともかく、優れた目利《めき》きであるとか、何か卓越した才があるということもあるかもしれないと思ったのです。しかし、その淡い期待は早々に砕けます。

「はあ……そちらもよろしいかと存じます」

何をお見せしても、ぼんやりとした答えが返って来るだけ。私は苛立ちを必死に抑え込み、その日は何一つ決められぬまま、帰途につきました。

ここで私が短気を起こせば、御用商人だからと贔屓にしてくれている町人のお客様にも愛想を尽かされるかもしれない。それでは奉公人にも申し訳が立たない。女将としての私の自負が、辛うじて波立つ心を抑えました。

或《あ》いは、人見知りをされているだけかもしれないと、思いもしました。しかし、それから何度か会っても、似たような反応が返って来るばかり。これでは姑と先代のお松様のような間柄を作ることは、到底無理に思えました。

大奥への訪問を翌日に控えたある夜、私はつい、寝間で深いため息をついてしまいました。

「どうした」

夫の勘兵衛が怪訝《けげん》な顔で問いかけます。

「いえね、大奥の新しい呉服の間の御女中が、あまりにも頼りなくて……このままでは御用を果たせるかどうか、不安になってきましたよ」

「そうか。大奥では私が訪れるわけにもいかないからね。しかし、気負いすぎるのは良くない」

「とは申しましてもね、御用達《ごようたし》の看板を、信頼してくれている方もいますから」

「気にするな。そういう御客は遅かれ早かれほかに流れもする。笠木屋だからと、信じてくれる人を大切にすれば良い。御用だからと遠慮ばかりせず、笠木屋の女将として、誇りを持っていればいい。母様もそう言っていたよ」

「お姑様がですか」

「そう。お松様と信じ合えたのは、私が萎縮しなかったからだと。身分をこえて心を開いたからこその間柄というのがあるのだと。私もそういうものだと思うよ」

普段、まるで私の仕事に関心など持っていないような勘兵衛ですが、この時の言葉には、心底、この夫がいて良かったと思えたものです。

そして、勘兵衛の言う通り、私もまた御用先だということで、嘘《うそ》の愛想笑いばかりで本音で話していなかったことに思い至りました。これではいつまで経っても、同じところをぐるぐると回るだけになってしまう。翌日、改めてお松様にお会いした時、私も心を開く覚悟を決めました。そうして話していると、ふとこのお若い御女中の本音が見えて来たように思えたのです。

「お松様は、あまり御衣装にご関心がないようにお見受けしますが」

すると途端にお松様の顔が青ざめます。その変わりように私は慌《あわ》てました。

「いえ、その、お松様はまだお若くていらっしゃるから、ねえ」

そう取り繕ったのですが、お松様はそれきり黙り込んでしまいました。

全く、何てことだろう。心を開いて話すつもりが、うっかり石つぶてをぶつけてしまったようで、私も落ち込みました。しかし二日ほどして再び大奥からお呼びがあったのです。何事かと緊張しながら七つ口に伺うと、お松様はいつもと様子が違っています。背筋を伸ばしてしゃんとして、唇を引き結び、私をまっすぐ見据えます。これは、いよいよ御用を切られるな、と覚悟を決めた時、不意にお松様は私の前で両手をついて頭を下げられたのです。

「女将にお願いがございます。私にご指南いただきたいのです」

一体、何が起きたのやら。呆気《あっけ》にとられたまま、下げられたお松様の頭の簪《かんざし》を見ていましたが、はたと我に返り、慌てました。

「まずは御手を上げて下さい」

「女将のおっしゃる通り。私は御衣装に関心がありません……というよりも、どこに関心を持ったら良いのか、分からないのです」

か細い声で続けられます。

そのようなことを言われても、と言いたい気持ちを抑え、ともかくもまずはこの若い人の話を聞いてみようと思ったのです。

「どうなさったのか、お話し下さいませ」

すると、お松様はご生家の旗本の家での暮らしや、お母上のこと、お祖母《ばあ》様のことなどを切々とお話しになりました。どうやら石つぶては、思いもかけない形でお松様の心の扉に穴を開けてしまったようです。それにしても、聞けば聞くほど、この方を呉服の間のお役目から解放してあげるのが筋なのではないだろうかと、思いもしました。しかし当人からは、何としてでもこの役目を果たしたいという、強い決意も伝わって来たのです。

それならばと、私も覚悟を決めました。

「確か、お利尾《りお》の方様の局の御女中が、代参に行かれると伺いました。その帰りに芝居見物をされるとか。それに同道されてはいかがですか」

「お芝居……でございますか」

「芝居は、今の市井の者たちにとって、当世風の風上です。役者の纏う着物をそのまま欲しいと、私どもの店にいらっしゃるお客様も多くございます。よくよくご覧になられれば、得るものも多いと存じますよ」

思いつきではありましたが、我ながら悪くない案だと思いました。お松様は藁《わら》にも縋《すが》るといった様子で、二つ返事で代参に同行されることになったのです。

そしてやって来た代参の日、私も同道させていただくことになりました。演目は「廓文章《くるわぶんしょう》」。近松門左衛門《ちかまつもんざえもん》が手掛けた上方の演目で、若旦那が遊郭の夕霧《ゆうぎり》という遊女に入れあげる話です。この遊女夕霧は、芝居でしばしば登場する役の一つですが、いわば女の装いの最も先を行くもの。夕霧役を演じる役者は、その衣装にまで気を配らねばなりません。これを演じるのは、二代目岩井粂三郎《いわいくめさぶろう》。当代一の名女形《おやま》と言われる岩井半四郎《はんしろう》の長男です。今、父である半四郎は中村座《なかむら》の女形を張っており、粂三郎は市村座《いちむら》。その対決も芝居好きにとっては見どころの一つになっています。しかも今回の夕霧の打掛は、笠木屋が手掛けていることもあり、その反響は気になっていました。

いよいよ幕が上がり、舞台上に粂三郎が扮《ふん》する遊女夕霧が現れると、隣にいるお松様は目を輝かせ、食い入るように見入っています。それを見て私は我がことのように誇らしく思えました。

芝居が終わってから、座長と共に粂三郎も挨拶《あいさつ》に訪れ、奥女中の皆様方は、三十路《みそじ》に差しかかろうという男盛りの粂三郎を前に、少女のようにはしゃいでおられました。

お松様はそうした方々の陰に隠れながらも、粂三郎の様子をじっと見つめていました。

少しは刺激になったかもしれないと、そんなことを思いながら、大奥へ伺った私は、お松様から再び頭を下げられることになったのです。

「女将にお願いがございます」

「……お松様、御顔を上げて下さいませ。一体、何でございますか。私にできることでしたら、何なりと」

「叶《かな》うのならば、今一度、岩井粂三郎殿とお会いしたいのです」

これまでにないほどのはっきりとした口調に、私は絶句し、次いで慌てました。

「お松様、お声を」

声を潜めるように言うと、改めて辺りを見回し、私も声を潜めました。

「仮にも粂三郎丈は役者です。ご贔屓に呼ばれれば何処《いずこ》へなりと参りましょうが……

お松様は、御目見得《おめみえ》以上の呉服の間の御女中です。里下がりも叶いますまい」

「御用のための他行であれば、お忍びで許されるとか。御方様にもお話ししておりま
す」

「まあ……」

役者に会いに行くことが、一体どんな「御用のため」だとお話しになったのか。私が思っていたよりも、このお松様は肝が据わっているというのか、怖いもの知らずというのか……。私が戸惑っておりますと、お松様は不安げに眉《まゆ》を寄せられます。

「やはり、無理でしょうか……女将がお困りならば、諦《あきら》めますが……」

泣きそうな声で言われると、私も責められているような心持になります。

「……承知しました。何とかいたしましょう。しかしもし御心変わりなさいましたら、いつでもおっしゃって下さいませ」

お松様は、ほっとしたように微笑《ほほえ》まれました。その笑顔は、年頃の娘らしく愛らしいもので、この人は実は、見目のよい旗本の御姫様《おひいさま》だったのだと思い出しました。そんな年頃の娘に、男盛りの粂三郎なぞを引き合わせたことで良からぬ扉が開いたのでしょう。私がお松様に差し上げたかったのはそういう刺激ではなかったのに……。気乗りせぬまま、私は粂三郎を訪ねました。

盛況な芝居の最中《さなか》、楽屋で支度をしている粂三郎は、頭に羽二重を巻いて白粉《おしろい》を塗りながら、鏡越しに私を見ます。

「奥女中が私に会いたいって」

「ええ、先日の廓文章を見て」

「それはいいねえ」

粂三郎はご満悦といった様子で笑います。私は思わず膝《ひざ》を進めます。

「あまり無体をしないでおくれよ。私が言うのも何だけれど、本当に世間知らずの旗本の御姫様。しかも御殿女中ですからね」

「とはいえ、あちらはこの粂三郎に会いたいとおっしゃる。それはつまり、色事を求めていらっしゃるんじゃないのかい」

「……やはりそうなるのかねえ……道を踏み外す手引きをしているようで、何だか恐ろしい」

「いいねえ。まるで芝居のようじゃないか。奥女中と役者の恋物語。いっそ面白い。さながら噂《うわさ》に聞く絵島生島《えじまいくしま》って」

「よしておくれよ、縁起でもない」

かつて、高位の奥女中絵島が、役者の生島新五郎《しんごろう》に入れあげて、流罪《るざい》となった事件のことを引き合いに出され、私は青ざめる思いがしました。

そうして遂《つい》に、その日がやって参りました。

大奥からお忍びで笠木屋に参られたお松様をお迎えし、笠木屋から別の駕籠で芝居茶屋に連れていきます。粂三郎には、幕間《まくあい》に茶屋まで来てもらうよう、話をしてありました。

「幕間の逢瀬《おうせ》とは、慌ただしいなあ……」

粂三郎はぼやいておりましたが、日が暮れぬうちにお松様を大奥に返さねばなりません。

見るからにお忍びといった風情の御高祖頭巾《おこそずきん》をかぶったお松様を伴って、周囲に目を配りながら茶屋に入ります。

お松様は緊張した面持ちで、目の前の膳《ぜん》に手をつけもせず、じっとしておられます。

「何か、召し上がられてはいかがですか」

私が申しますと、お松様は首を横に振ります。

「きちんとお話ができるまでは、無理です」

何だか可愛らしいと思いながら、尚のこと、役者に入れあげでもして、人生を狂わせてはいけないと、思いとどまらせたい心地がしました。しかし、時は待ってくれません。

「おいでになりました」

茶屋の仲居の声がして、襖《ふすま》が開きました。

「お召しいただきまして、岩井粂三郎でございます」

黒の紋付きを着た粂三郎は、見慣れた私から見ても、惚《ほ》れ惚《ぼ》れするような男ぶり。当代きっての若手の名女形ですから、男ぶりの中にもなよやかな女のような優しさもあり、これは確かに男に慣れぬ娘にとっては目の毒です。

「先日は、お目汚しな芝居を」

そう言って粂三郎は、流し目を送って色っぽく微笑みます。その視線の先でお松様はというと、緊張して固まっています。それを見ていて、何だかこちらの顔が赤くなってきました。

「お名をうかがってもよろしゅうございますか」

「松と……申します」

「お松様。高貴な松とそのお姿が似合っておられる」

「ありがとうございます」

それからしばらくの沈黙が続きます。私は居たたまれない思いをしながら、この部屋を出るべきか、出ざるべきかを悩んでおりました。粂三郎を見ますと、こちらに出ていくようにと目配せをします。お松様は相変わらず畳の目を睨《にら》んだまま動きません。

「お松様、私、次の間に控えておりましょう」

私が申しますと、お松様は顔を上げて縋るように私を見ます。

「女将もこちらにいらして下さい」

そして、お松様は、目の前の膳を取り払い、膝を進めるといきなり手をついて、そのまま粂三郎に向かって頭を下げたのです。

「御無礼を承知でお願いいたします。貴方《あなた》様にご指南をいただきたいと存じまして、本日、まかりこしましてございます」

座敷全体に響くような声でした。それと同時に、思ってもない言葉が飛び出したことに、私は面食らっておりました。そして粂三郎を見ますと、粂三郎もまた頭を下げるお松様を見つめたままで固まっております。私は気を取り直し、お松様の傍らに膝を進めました。

「お松様、その……どうして粂三郎丈にお会いになりたかったのか、お話しいただけますか」

私は宥《なだ》めるようにお松様に問いかけます。

「先日、お芝居を拝見する折、女将はおっしゃったではありませんか。芝居は当世風の風上だと。そしてお舞台を拝見して、それは確かにそうなのだと思いました。貴方のお芝居は素晴らしかった」

粂三郎は、お松様の素直な賛美に謝辞も忘れて、ただ聞き入っています。お松様はよけた膳に手を伸ばし、お茶を一口飲むと、言葉を続けます。

「貴方は、こうして拝見すれば、れっきとした殿方に見えます。しかしあの時の貴方は、得も言われぬ美しい天女のようでございました。素晴らしい打掛も貴方がお考えになられたと聞いています」

「はい……その、父にも指南を受けていますが」

「お父様にもご指南を……では、幼い頃よりご研鑽《けんさん》を積んでいらっしゃるのですね。私はまるでそうした目利きができないものですから……こちらの女将にご迷惑をおかけしているのです」

お松様は改めて膝を動かし、私と粂三郎の二人に向かって手をつきました。

「お二人のお知恵を拝借すれば、此度のお役目が果たせると思いつめ、勝手を承知でお願い申し上げる次第でございます」

そう言って深々と頭を下げたのです。

私は、眩暈《めまい》を覚えました。

ここ数日、奥女中の色恋の手引きなどという恐ろしいことをしたと、思い悩んでいた己が馬鹿馬鹿《ばかばか》しく思えました。傍らの粂三郎も同じ思いだったのでしょう。気が抜けたように座り込んでいたのですが、ふと私と顔を見合わせると笑いだしました。私もつられて笑ってしまい、その声は座敷に響きます。

一人、何を笑われているのか分からないお松様は、私と粂三郎を見て首を傾《かし》げます。

「あの……」

困惑した様子のお松様に、粂三郎は笑い涙をぬぐいながら、急に姿勢を崩して胡坐《あぐら》をかきました。

「ではご指南して差し上げましょう。一つも遠慮はいたしませんよ」

「ありがとうございます」

そう言って顔を上げたお松様は、やはり随分と可愛らしい御姫様なのだと思いました。しかし、なかなかに骨太なところがおありで、華奢《きゃしゃ》な肩先に頼もしさの欠片《かけら》を見つけた思いが致しました。

粂三郎の場合

言われ慣れたことではあるが、腹に据えかねることってのは、どうしてもあるものでして。私の場合それは、顔のことでございます。

「この子の顔は残念だ。お前さんに似ていないね」

その言葉を初めて聞いたのは、ほんの四つ、五つの頃でございましたでしょうか。稀代《きだい》の女形と呼ばれた父、岩井半四郎に連れられて初めて中村座を訪れた時のこと。父のご贔屓が、私の顔を見るなりにそう言ったものでございます。

父は目が丸く愛らしいことから、女形としての当たり役も多いことで知られていました。しかし私はというと、母譲りの切れ長の目をしていたのです。父は笑いながら、

「それもまた、味ってもんですよ」

と答えてくれました。その時はさほど気にも留めておりませんでしたが、長じるに従って、その言葉は重くのし掛かって来たものです。それは自らも舞台を踏むようになり、岩井粂三郎という、父の前名を継いでからは次第に、痛みを伴う言葉になりました。

「あら、粂三郎は半四郎より目が細いね」

「粂三郎は半四郎より男顔だね」

女形としての芸を叩《たた》きこまれ、型については稽古《けいこ》を重ね、父も、

「見られるようになった」

と言ってくれるようになったのですが、お客からは嬉しい言葉を聞くことはありません。

「いっそ、女形を諦めて立ち役になったらいい」

そう言われることもありましたが、立ち役をやるには体が華奢だということも自覚しておりました。やがて、五つ下の弟、紫若《しじゃく》が舞台に立つようになると、焦《あせ》りは増すばかり。

一時は、父が市村座、私が中村座、弟が森田《もりた》座と、江戸三座の立女形《たておやま》を私たち親兄弟で埋めた時は、話題になりましたし、それなりにご贔屓もつきましたが、

「何、粂三郎は芸では半四郎に敵《かな》わず、若さで紫若に敵わない。あいつの取り柄は色気かね」

と、知った風に言われることもありました。しかし、そんな話を聞く度に、市村座の座長からは笑われます。

「色気だけでもあった方がいいだろう。芸もない。見目も悪い。そんな連中が大部屋にぞろぞろいるなかで、立女形を張れるだけの芸と色気がありゃ十分だ。お前さんは、親父《おやじ》さんのことを気にしすぎているんだよ」

手前の器の小ささを、人に言われることほど、惨《みじ》めなものはありません。

そんな中、「廓文章」で遊女夕霧を演じることになり、改めて衣装合わせをすることになりました。

「確か、以前、半四郎が夕霧をした時の打掛があるだろう」

座長に言われたので、家に帰って探してみると、確かにありました。真っ赤な地色に、艶《あで》やかな牡丹《ぼたん》を配した打掛でした。それを楽屋に持ち込んで、試しに化粧をして羽織ってみたところ、座の連中が何とも言えない顔をしたのです。

「いや……悪くはない。ただ、お前さんにはちょいと似合っていないかもしれない」

鏡を見た私もまた、落胆しました。その有様は明らかに、男が女装しているようにしか見えないのです。

「仕立て直さねばならないね」

それから慌てて仕立て直すことになったのです。

こうして贔屓《ひいき》の笠木屋で誂《あつら》えた打掛は、我ながら会心の出来栄《できば》え。準備万端整って、いよいよ幕が開きました。しかし、初日から聞こえてくるのはいつもと同じお客の声。

「粂三郎も悪くないが、半四郎の方が見応えがあるね。以前の半四郎の夕霧を見たかい」

私が何をやろうと関係ありゃしない。ご贔屓の中には、酒宴に招いてくれる人もありましたが、酔客の相手をしたり、どこぞのお内儀から付け文をもらったりと、

「やっぱり色気が売りの粂三郎」

などと陰口ばかりが耳に入って来るのです。

笠木屋の女将《おかみ》、千沙が、私のところにやって来て、奥女中が会いたいと言っていると聞いた時も、正直、うんざりしていました。

「いっそ面白い」

と言ったのは、そうでも言わなきゃ割り切れないと思ったからです。色気が売りならそれもいい。奥女中との醜聞でも仕立て上げ、名を上げるのもいいだろうと。

そうして訪ねた茶屋にいたのは、千沙の言っていた通り、世間を知らぬ風情の娘さんでございました。これが、茶屋に役者を招いて遊びたい女なんだろうかと、面食らったものでございます。しかし、これもまた仕事のうち。気を取り直して名を尋ねると、

と、今にも消え入りそうな声で応えます。そしてその一言で顔を真っ赤にして、俯《うつむ》いてしまいました。

「松と……申します」

その様を、どこかで見たことがあると、記憶を手繰り、はたと思い至ったのです。まるで、父が演じる御姫様だと。「菅原伝授手習鑑《すがわらでんじゅてならいかがみ》」に出てくる、苅屋姫《かりやひめ》がそのままそこに現れたように思われました。そこからは色事のことなどすっかり忘れ、お松様というこの奥女中の一挙手一投足に見入ってしまいます。そこはかとなく品があるのに、どこか間抜けなその様子は、これまで生身で見たことがありませんでした。いっそその場で真似《まね》てみたいほどでしたが、そうも言っていられません。

そのまま重い沈黙が滞っているばかりでは、あっという間に朝になってしまう。私は気を取り直し、ともかくもこの御姫様の傍らに行き、少しは色っぽい雰囲気とやらを醸してみなければならないと思いました。そして、控えている千沙に目配せをします。千沙はというと、やや困惑したようにお松様に、

「次の間に控えておりましょう」

と、耳打ちしました。するとお松様はぱっと弾《はじ》かれたように顔を上げ、

「女将もこちらにいらして下さい」

と引き留めます。そしてそのまま膳をついと横に動かすと、事もあろうに私に向かって手をついて頭を下げたのです。

「御無礼を承知でお願いいたします。貴方様にご指南をいただきたいと存じまして、本日、まかりこしましてございます」

虚を衝《つ》かれるとはこのことです。

まるで思ってもみなかったことを言われると、人は言葉を失うものなのだと知りました。先ほどまで、私の頭の中では、絵島生島か、すわ菅原伝授かと巡らせていた筋書きが、急に小噺にすり替わった瞬間でした。

これまでお武家の奥方と言われる人や、姫や奥女中にも会ったことがあります。中には色事になったこともございます。しかしその方々のどこかに、芸人風情がと、見下す心があるのを感じてもいました。しかし今、同じお武家の御姫様で、お城の奥女中である人から「ご指南を」と頭を下げられるのは、何とも心地よいものでした。しかも、この舞台で一番のこだわりだった衣装について、この御女中はいたく感銘を受けたってんだから、それはもう安請け合いでも何でもしようってもんでございます。

「ではご指南して差し上げましょう。一つも遠慮はいたしませんよ」

そして、会った時から気になって仕方なかったことを切り出しました。

「ところでお松様、本日の装《よそお》いはどうしてそうなさったんです」

「どうして……と、おっしゃいますと」

お松様は首を傾げ、何を聞かれているのかてんで分からぬといったご様子。いやはや、大変なことだと思いました。

お松様は、浅葱色《あさぎいろ》に古典的な蝶が描かれた小袖に、当世風な鶸色《ひわいろ》の亀甲《きっこう》柄の帯を締めています。襟は粋《いき》な赤を重ねていて、簪には愛らしい菊花。それぞれに良いものであることは分かるのですが、全《すべ》てが合わさった時に、散らかっているとしか言いようがない。それでも何か、本人なりのこだわりがあるというのなら、話を聞いてみようとも思うのですが、どうやらそれもない様子。

「もしや、全て頂きものですか」

「何故《なにゆえ》、お判《わか》りになったのですか」

お松様は目を見開いて驚いています。私は思わず千沙を見ますと、何とも言えぬ顔をしながら、無礼を働いてくれるなと言わんばかりの目で睨んで来るのです。

「いやあ……参ったなあ」

私は大仰に頭を掻《か》いてから、しばし悩んだのですが、ここで生易しいことを言ったとて、この御姫様のためにもならないし、こちらとしても後味が悪い。言い散らかしたところで、そうそう会うこともないだろうから、思う存分、言ってやろうと心を決めました。

「私ら役者は、役になりきるために稽古を積みます。それは型や所作はもちろん、化粧もそうですし、衣装も同じです。衣装はその人が何者であるか表すもの。それは役者だけではなくて、町娘でも奥女中でも同じことでございましょう。そういう私からしますとね、お松様。貴女様《あなた》の装いを見ていると、何だかわけが分からないんですよ」

「分からない……とは」

「そうですねえ。お金に困ってはいないんだろうと思いますよ。しかし、小袖は古典で帯は当世、簪は娘で襟は粋って、ところであんたは何者かって話です。お松様、己が見えちゃいませんね」

「条三郎さん」

千沙が諫《いさ》めるように声を上げます。

「お松様は控えめな方でいらっしゃるから、姉女中の皆様からいただいたものを、大切になさっているだけですよ」

「控えめな女が、浅葱に鶸色合わせるかい。単に散らかっていらぁ」

「女将、良いのです。粂三郎殿のおっしゃる通り。私は己が分かっていません」

お松様は覚悟を決めたようにそう言うと、唇を噛《か》みしめて頷《うなず》きます。

「とはいえ、一体どうして衣装と己の間に関わりがあるのか、私には分からないのです」

「なるほどね。お松様はせめても気性が素直でおいでなのが救いですな」

私は己の懐《ふところ》から役者絵を二枚取り出しました。先日、ご贔屓からいただいたもので、私のものと、父のものが一枚ずつ。

「これをご覧下さい。こっちが私。こっちが父。顔立ちが違うでしょう」

「……はい。こちらの方は目が丸くていらっしゃる」

「これが、稀代の名女形と言われる父ですよ。この人はこういう顔立ちだから、愛らしい姫の衣装がよく似合う。しかしこの人と同じ、赤い打掛を私が羽織ると、まるで男が女に化けているようにしか見えないんです。それじゃあ、お客の心も冷えちまう」

「しかし、先日のあの夕霧は、美しい女でした。今はその……殿方にしか見えませんが」

「それが衣装の力ってやつです」

我ながら偉そうな言い方だとは思いましたが、たまには気分よく語ってもいいじゃないかと思い直しました。

「だから私はほら、この役者絵のように黒の打掛にしたんですよ。この打掛は、黒地に金の箔《はく》を使って、竹を描いただけのもの。極力色目を抑えることで、雄々しい顔の強さを相殺《そうさい》し、羽織った時に私の中に隠れている女らしさを引き出すことができたのですよ」

お松様は黙って役者絵に見入り、そして目の前にいる私を眺めました。

「着るもの一つで、かように見目が変わるものなのですか」

「見目が変わるというのとは少し違います。己の内の何を見せるかが変わるのです。お松様はまず、己の内の何を見て欲しいかをお考えにならねば」

「私はただ、誰にも見られたくないのです」

「はあ……」

私は少々、頰が引きつるのを覚えました。人目を集めることだけを己に課して生きて来た役者にしてみれば、考えたこともないことでした。

「見られたくないから、鈍色《にびいろ》を着て、納戸《なんど》の奥に隠れているような子どもでした。それが大奥ではそうはいかない。だからいつも、何を着ていいか分からないのです。その上、御方様に何を着せればいいかなど、尚更《なおさら》、分からないのです」

今にも泣き出しそうな様子です。

全く、食うに困らぬ旗本の家に生まれ、大奥にお仕えして、女だてらに禄《ろく》をいただく奥女中ともなれば、私なんぞが想像だにせぬほどの贅沢《ぜいたく》に見えます。それに引き換え、こちとら明日をも知れぬ浮草稼業《かぎょう》。何をめそめそ泣くのかと、腹が立ってきます。千沙の苦労も分かる気がしてきました。

「いいですかい、お松様。鈍色を着たからって、隠れられるもんじゃありませんよ」

私がそう言うと、お松様は驚いたように顔を上げました。

「私ら役者は、役の有様を大仰に見せる衣装を着て、舞台の上で目立たせる。しかし世間で一番、目立つのは、今のお松様のように、己に似合わぬ恰好《かっこう》をしている人です。そしてそれは悪目立ちって言って、人を不快にさせるんです」

我ながらきつい言いようだと思いましたが、言葉を続けました。

「何を着ればいいかを考える時に大事なのは、手前をよく知ること。そして、目の前の御人に誠意を尽くすこと。この二つが抜けたまま、人にどう見られるかってことばかり考えているから、散らかっちまうんですよ」

そう言い放ちながら、私はふと、何故この人に苛立《いらだ》つのかの理由が分かって来たように思えました。

己の芸に自信がなくて、父半四郎の名に縛られ、客の悪い評判ばかりを気にしている私もまた、役者として散らかっているんじゃなかろうかと、そんなことが頭を過《よぎ》りました。

「いや……役者風情が偉そうに、何を言っているのやら……」

不意に己が恥ずかしくなり、声音が弱まりました。

「いえ……あの、今、ほんの少し、分かったような気がします」

見ると、お松様は不安げながらも顔を上げ、私の方を真《ま》っ直《す》ぐ見ておりました。

「何が分かったんで」

「糸口です」

「糸口」

「私はこれまで、何を着るかということを、さほど大事と考えておりませんでした。それなのに、期せずして呉服の間に仕え、御方様の御衣装を考えねばならず……どう進めれば良いか術《すべ》を見失っておりました。その糸口が少し見えて来たのです」

そして、深く頷きます。

「今、粂三郎殿がおっしゃったことは、至極、もっともなのです」

「何がです」

「私は己が嫌いで、それ故に己を隠そう、隠そうとして参りました。だから己のことさえ見えず、目の前の御人のことも見えなくなっていたのですね。それがこの私の装いにあらわれていて、貴方に全てを見抜かれた。そうでございましょう」

「まあ……そんなところですね」

「呉服の間のお役目は、己と向き合い、人と向き合う。さながら禅の道にも似ているのですね」

「……そんな大仰なことかい」

私なんぞが言ったことを、どれほど大仰に捉《とら》えられているのか、少々恐ろしくさえ感じました。千沙は、苦笑にも似た笑みを浮かべて私を見ます。一方のお松様はひどく納得したように頷き、それからしばらく黙り込んでおりました。そしてふと思い出したように顔を上げました。

「亡《な》き叔母が申しておりました。装うことは心の支えになる……と。それは、己を知ることで、強くなれるということなのかもしれません」

「まあ……先代のお松様がそのようなことを」

不意に千沙が膝を進めて、感嘆の声を上げました。

「はい」

何やら私の知らないところで、お松様と千沙は共感したらしく、共に顔を見合わせて、微笑み合っています。そしてお松様は改めて私と千沙に向き直ると、深々と頭を下げました。

「霧が晴れたようでございます。粂三郎殿にも、女将にもご迷惑をお掛けしました。そして、これからもよしなに」

奇妙な宴席は、こうして幕を閉じました。

茶屋の戸口で駕籠《かご》を見送って、まだ日の高い空を見上げていると、茶屋の仲居が笑いながら近づいて来ました。

「何だい、いいとこの御女中とお楽しみかと思えば、お見送りかい」

言われてみれば、お茶屋に入る時までは、奥女中と艶《つや》めいたひと時を過ごすものだと思っていたのに、気づけば、師匠面《づら》して衣装の指南をしていたことが可笑《おか》しくなり、私は思わず笑いました。そしてそれを隠すために、掌《てのひら》で顔を一撫《ひとな》でしました。

「そんな日もあらあね」

「傾城《けいせい》もなかなか楽じゃないね」

夕霧にかこつけて揶揄《からか》って来たので、私は軽く科《しな》を作って、

「へわしゃ、わずろうてな……」

と、台詞《せりふ》の一つも言いますと、仲居は大喜びで、

「明日、芝居を見に行くよ」

と背中を叩かれました。

どうやら思っている以上に、私は機嫌がいいらしい。芸など二の次で、顔かたちだけで贔屓にしてくれるお客もいる。それもまた有難いことではありますが、顔かたちなどいずれは崩れます。しかし、思いがけず世間知らずの奥女中が、私の衣装の目利きを買ってくれたことが、誇らしく思えたのでしょう。

「何て日だろう」

歩きながら清元《きよもと》の一節も歌いたくなっておりました。

再びお松の場合

その打掛はまるで、その場に花が咲くような鮮やかさでございました。

「お待たせいたしました」

師走《しわす》の声を聞く頃のこと。

千沙が大奥に持って来た包みを広げ、衣桁《いこう》に真新しい打掛を掛けたのです。紫の地色に松をあしらい、鶴《つる》が舞う中に、金箔を縫い込んだ豪奢《ごうしゃ》なものでございました。

「何という……見事でございます」

思わず私も感嘆の声を上げたほどでした。

その場が明るく華やぎ、呉服の間の他の御女中たちも、歓声を上げます。

「女将、素晴らしい御品をありがとうございます」

千沙は微笑んで頷いてくれました。

「一時は、どうなることかと……」

千沙も近頃では、遠慮なくそう言うようになりました。それも無理はありません。

十月に粂三郎に話を聞いてからというもの、私は改めてお仙の方様のことを知ろうと努めました。お仙の方様のお顔立ちは、細面で色白でいらっしゃいますが、御年と共に頬の周りがふっくらとして参られました。秋ごろには、しばしば桔梗《ききょう》の花を飾っておられ、その色が気に入っておられるとのこと。日ごろ、お召しになるものにも桔梗の色に近いものが多く、また、お似合いでもありました。

「紫にしたいと存じます」

千沙に申しますと、千沙はふむ、と唸《うな》ってから、

「以前、姑《しゅうとめ》がお仙の方様の打掛を作らせていただいた折には、藤色《ふじいろ》でいらしたそうですが」

と教えてくれました。しかし、おそらくそれはもう少しお若い頃のことなのでしょう。今のお仙の方様は藤色よりも、深みのある品のいい紫がお似合いに思えました。

「柄はいかが致しましょう。お正月ということですから、吉祥文様としましては、松や鶴といったものがよろしいかと思いますが」

私は一瞬、迷いました。

「私の名を、松としていただいておきながら、松の意匠を選ぶのはおこがましくはありませんか。それに、松は色無草《いろなぐさ》とも申しますし、正月の華やかさに似合わぬようにも思えて」

俯きながらそう申しますと、千沙は首を傾げました。

「まあ、そんなことをお思いでしたか。松はそれこそ色を変えぬからこそ、変わらぬ忠義を示すもの。また、門松や影向《ようごう》の松は、神が降りるもの。いずれもこの上なく尊いものです」

私は急に、松という名が畏《おそ》れ多く感じられ、言葉を失いました。

「その名を下さった御方様に、松をあしらう打掛を誂えることが、何のおこがましいことがございましょう」

そう言われて、改めて千沙が持って来た様々な松の図案を眺めていると、そのどれもが色鮮やかに私の目に飛び込んできました。

「名に負けてはいられませんね」

「そうですとも」

千沙に言われ、私は強く頷きました。

そして打掛には鶴と松を金箔と刺繡《ししゅう》で縫い付けることにしました。また、打掛の中にお召しになる小袖《こそで》の色が緋色《ひいろ》ということもあり、刺繡の中に緋色の糸を使うことで、より鮮やかなめでたさに仕上げることができたのです。

千沙と共に控えていると、しばらくして、呉服の間にお仙の方様がおいでになりました。

「お松の初仕事、拝見しましょう」

と、笑いながらおっしゃいます。そして衣桁に掛けられた打掛を見て、うむ、と頷かれます。

「合わせてご覧下さいませ」

私が申し上げますと、お召しの打掛をお脱ぎになり、衣桁から外したばかりの打掛を羽織られました。それは、御方様の白いお顔に映え、抑えた濃い紫で却《かえ》って若々しく華やいで見えました。

「お似合いでございます」

他の御女中方からも称賛され、御方様もご満足のご様子です。

「大儀であった」

御方様は私を労《ねぎら》うように肩を叩いて下さいました。私は有難くも嬉《うれ》しくて、頭を下げたまま顔を上げることができませんでした。

お仙の方様が下がられてから、千沙も私と同じく一息ついたようでした。

「私も、御方様にお目にかかるのは初めてでございますが、お松様の仰《おお》せの通り、紫がよくお似合いでございましたね」

「はい……御方様の中の高貴さを引き立てるのは、どんな色かと思い悩んだ末の答えでございます」

あの日、粂三郎が言っていた、己の内を探るというのを、ずっと考えていました。引き出したいものを明確にすれば、自《おの》ずと装う色は決まって来るものだと分かったのです。

「ところでお松様、あちらの御品はいかがでしたか」

「喜んでくれたようです」

私は、御方様の打掛を作る傍らで、一つの反物を笠木屋に頼みました。香色《こういろ》に露芝《つゆしば》の小紋を散らしたものを、母のために誂えたのです。

粂三郎の話を聞いてから、私は母のことを思いました。母は、祖母から逃げ隠れるためだけに鈍色を着ていました。それは粂三郎の言う通り、違和感しかなく、祖母にとっては尚更、不快なものだったのでしょう。

私は、母に似合う色を考えました。そして思い至ったのが、淡く肌の色にも馴染《なじ》み、楚々《そそ》として上品な香色でした。そこに儚《はかな》い露芝の模様を入れると、とても優しく柔らかいものになったのです。

笠木屋からそれを母に届けてもらうと、数日後に母から文が参りました。

「装うことなど忘れていたけれど、袖を通すと心が晴れやかになりました」

それを読んで、何故《なぜ》だか涙が溢《あふ》れました。

母もまた、道が分からずに苦しみながら喘《あえ》いで来たのだと気づかされたのです。

「女将と粂三郎殿のおかげです」

私はしみじみと千沙にそう言いました。千沙は、いえ、と恐縮したように応《こた》えてから、思い出したように手を打ちました。

「そうそう。そういえば先日、店に粂三郎丈が参りまして、あの打掛を見ましてね」

千沙は衣桁に戻されたお仙の方様の打掛を指し示されました。

「しばらく黙って、じっと眺めてから、これを着る人は、高貴でありながら温かさもあり、器の大きい穏やかな御方なのだろうと……そんなことを申しておりました」

「その通りなのです」

私は嬉しくなって、思わず声を張り上げてしまいました。此度《こたび》のお役目で、私は御方様の人となりを表すことができる、美しいものを作りたかったのです。そしてそれが一目で粂三郎に伝わったのならば、私の役目は果たせたと、信じていいように思えました。

千沙は優しい眼差《まなざ》しで私を見ながら、言葉を続けます。

「その粂三郎丈は新年の舞台に出られるのですが、そこで虎御前《とらごぜん》というお役をやるのです」

「それはどのようなお役なのですか」

「曾我《そが》兄弟の仇討《あだう》ちを描くお話で、兄と恋に落ちる絶世の美女……といったところでしょうか。そのお役のための衣装に悩んでおられたのですが、あの打掛を見て、なるほど紫は良いと言い出しましてね。やや薄い紫に、白い千鳥を散らした打掛を作ることになりました」

「まあ……」

声を上げる私を見ていた千沙が、思い出したようにふっと笑います。

「どうなさいましたか」

「いえ……私は、お松様が粂三郎丈に会いたいとおっしゃった時、てっきり恋路の手引きを頼まれたと思っていたものですから」

「え」

思いもかけないことを言われて絶句し、次いで顔から火が出るほどに恥ずかしくなりました。

「そのようなこと、あるわけないではありませんか」

「全くです……しかし、そうした色恋よりも、楽しいご縁ができたと思っているのですよ」

「楽しいご縁でございますか」

「粂三郎丈もお松様に負けていられないと、そう言っておりましたよ」

そして懐から一枚の紙を取り出しました。それは、市村座の顔見世の役者絵で、七代目市川團十郎《いちかわだんじゅうろう》と三代目坂東三津五郎《ばんどうみつごろう》の間に挟まれて、堂々と姫姿を披露している粂三郎でした。

「堂々とした役者ぶりですこと。私なぞ、何一つ、かなうものなどないのに、揶揄っておいでなのですね」

「粂三郎丈がかなわぬものは、女ぶりでしょうか」

「生まれてこの方、女で生きて参りましたのに、殿方である粂三郎殿に、それまで負けては生きていけません。危うく負けそうでございますが」

「私も、お松様には負けられません」

「女将こそ、私に負けるものなど何もありますまい」

「……さいでございますねえ……」

そう言って、しばらく二人で顔を見合わせて笑い合いました。

それからというもの、私と千沙は呉服の間の御用において、私の叔母と千沙の姑がそうであったように互いを信頼し合い、話し合ってはお役を務めることができるようになりました。

私も代参にかこつけては粂三郎の芝居を楽しみにしておりました。残念ながら文政十二年には大火事で芝居小屋が焼け、それを機に粂三郎は上方への修業に出かけてしまいましたが、翌年には江戸に戻り、再び女形として多くの人気を集めていました。

数年の後、再びお忍びの御用にかこつけて茶屋に粂三郎を呼び出し、千沙と三人で共に膳《ぜん》を囲むことができたのです。

「上方の装いはもっと華やかなものですよ。あちらは武家に気兼ねがないから、町人たちも色鮮やかだ。そういうものを取り入れていかないと、あちらの芝居に負けてしまう」

粂三郎はそんなことを熱く語っておりました。

そして私を笑うのです。

「初めて茶屋の襖を開けて、固まったお松様を見た時は、どうしたものかと思った」

その頃に比べると、己に似合う装いというのが少しずつ分かってきたようです。

「その縹色《はなだいろ》の小袖に白地の帯はお似合いでございますよ」

と千沙が言えば、粂三郎は、

「そうかな、お松様にはもう少し薄色の方が似合うように見えますよ」

などと評します。

染という名を嫌がって、家の納戸に引きこもっていた娘が、奥勤めをしながらお忍びで茶屋を訪れ、役者や御店《おたな》の女将と笑い合う日が来ようとは思いもよりませんでした。しかし、それはこの上なく楽しく幸せなものでございます。

今の私にとって心の内に描かれる「松」は、墨絵で霞《かす》む色無草の松ではなく、あの御方様の紫の打掛に緋色の糸や金箔で象《かたど》られた、吉祥の松になったのでございます。

くれなゐの女

背は大きくて力持ち……といえば、それはもう頼りがいのある大きな男の方の姿を想像されるでしょう。しかしこれが女となると、生き辛《づら》いことこの上ありません。

私は名を登勢《とせ》と申しまして、生まれは多摩の庄屋、由緒《ゆいしょ》正しい農家の娘です。十六になる年まで、何不自由なく暮らしていたんですが、ふと気付いた時には、背は人並み以上に高くなり、身幅も大きく肩幅もがっちり。ふくふくとした頬は丸く、手もまるで饅頭《まんじゅう》のように見えました。

「ご立派にお育ちになられて……」

家人が申しますのは決して褒め言葉ではなく、要は「華奢《きゃしゃ》には見えぬ、大きな」姿になっていたのです。

当家では養蚕もしていたことから、生糸を求めて、江戸から商人の方が参られることもあります。するとある商人が私を見て、

「この娘は大奥に向いている」

と言って下さったので、父も母も大喜びでした。

十六にもなる庄屋の娘となれば、縁談は降るようにあるそうですが、生憎《あいにく》と私のところには、そうしたお話が舞い込むこともとんとなく、自分の見目が良くないということは、私も重々承知しておりました。それなのになぜ父は、「大奥に向いている」などという商人の言葉を真に受けてしまったのでしょう。

しかし話はトントン拍子に進み、気づけば大奥にご推挙下さるという旗本の殿様にまで話が通っておりました。

「折角だから、奥勤めをして来なさい」

両親と、跡取りである兄までも声を揃《そろ》えて言いましたのは、私を案じてのことだったのでしょう。確かに大奥で女中をしてきたとなれば、それこそ箔《はく》がつくというものです。

口の悪い兄なぞは、

「このまま家にいたら、ただの大きな婆《ばあ》さんになるだけだ。それでは困る」

歯に衣《きぬ》着せぬ言いようで、私はもう、項垂《うなだ》れるように頷《うなず》くほかありませんでした。田舎の娘にしてみれば、遠くにある千代田のお城にお仕えするなどというのは、夢のまた夢。しかしいつの間にか私の人生は、そのお城への一本道に続いておりました。

「分かりました。江戸へ行って、奥勤めをして参ります」

一大決心をして家を出たのは、年明けて文政《ぶんせい》十年、二月のこと。私は十七になっておりました。

そんな私にとって大奥といえば、それこそ絢爛《けんらん》豪華な女の園と思い描いておりました。しかし、一言に奥勤めと言いましても、その役目は様々。私のお役目は御末《おすえ》というもので、いわゆる御半下《おはした》女中です。主な務めは掃除、洗濯、水仕事。男手のない大奥においては、力のある女、大柄な女はたいそう、重宝されるそうです。なるほど、私が向いているというのはさようなことであったかと、奥に入ってすぐに分かりました。思い描いていた奥勤めとは違っていて、私は驚くやら、がっかりするやら……。

奥勤めをする者は、どのような身分であっても、市井《しせい》での名を捨ててお仕えします。

「そなたの名は、今日より玉鬘《たまかずら》となる」

「は……」

「多摩の出ならば、丁度良かろう」

御末頭の六条《ろくじょう》さんから名付けられたのは、この身に余る優美な名でした。

何でも、御末の務めは大変に厳しいものであるから、せめても名だけは優美にと、源氏物語から名を取るしきたりであるとか。そのため御末の面々は、桐壺《きりつぼ》や若紫《わかむらさき》、六条に明石《あかし》と、その名だけを聞くとどれほどの美女が揃っているのかというほどの優美さです。しかし実際は……というのは、もう申し上げることは止《や》めておきましょう。

「あら、貴女《あなた》も随分大きいね」

初めて私に声を掛けてくれたのは、明石の君でした。二十歳になるという明石さんは、私と同じくらい背の高い方です。御家人の家柄ということでしたが、

「許嫁《いいなずけ》から縁談を断られてね。何せその人が、豆粒のように小さい人だったから、余程の大女に見えたんでしょうよ」

と笑っていました。

「私は、どうにも縁遠く……」

そう言って縮こまっていると、明石さんは、私の背をとんと叩《たた》きます。

「ここではそんなことを言っている暇はないよ。ともかく忙しいんだから」

その言葉の通り、御末の一日はまるで怒濤《どとう》のようでした。

朝は明けやらぬうちから、誰よりも早く起きます。他の奥女中の皆様が寝ていらっしゃるのを起こさぬよう、音を立てずに羽箒《はねぼうき》で奥を清めます。合間を見て掻《か》きこむように食事を済ませると、今度は御台《みだい》様がお使いになる水を支度します。長局《ながつぼね》の端にある井戸から玄蕃《げんば》桶《おけ》に水を汲《く》み、棒を通して二人で持ち、息を合わせて御台様の元へと運びます。

無論、御台様を直《じか》に見ることなどできるはずもなく、御台様がおいでになる御座所《ござしょ》まで運びましたら、そこで失礼をします。

そのほかにも、あちこちの掃除や立て付けの悪い戸板の修繕なども含め、一日中、休む暇もありません。

夜四つになる頃には、ぐったりと力尽き、眠りに落ちておりました。

体が大きいとはいえ、農作業をろくにしたこともなく、家の仕事も女中たちがやってくれていたので、こんなに体を動かしたことはありません。

務めを始めてからしばらくは、体のあちこちが痛み、姉女中の皆さんからは笑われました。

「はじめのうちはみんな、そんな風にあちこち痛むものだけどね、そのうち慣れるから」

「私なんか、力こぶまで出るよ」

そうして、ようやく日々の暮らしに慣れ始め、一月が過ぎようという三月の末。

大奥では五十三次という催しが開かれることになっていました。これは、五十三次の宿場町の名物を売る露店が大奥のお庭に設けられるもので、各地の商人たちがこぞって訪れます。御末たちにとっては、この催しが滞りなく済むように支度をするので、大忙しになるということでした。

「花見や菊見は大奥の中での宴《うたげ》ですから、支度と言っても慣れたものです。しかし五十三次は外から人が参りますからね。不慣れな方々が大奥で迷われたり、不届き者が紛れたりせぬよう、私たちが努めなければなりません」

御末頭の六条さんは、気合いを入れて檄《げき》を飛ばします。

「夕顔《ゆうがお》さんも、粗相のないように」

すると六条さんのその言葉に、三十人余りの居並ぶ御末の皆さんは、声を潜めて笑います。

「心得ております」

名指しされた夕顔さんという御女中は、胸を張って答えられます。

夕顔さんは、私より一つ年かさで、お勤めは二年目になるとか。顔は何度もお見かけしていますが、目も小さめで鼻も低く……その、どこかお煎餅《せんべい》を彷彿《ほうふつ》とさせる顔立ちでした。小柄ではありますが、水桶などを一人で運べてしまう力持ちで、走るのも速い。

「お急ぎです」

という声が聞こえると、誰ともなく夕顔さんに頼むのが常になっていました。

しかしなぜ御末頭の六条さんが、夕顔さんを名指されたのかは、分かりませんでした。

「すぐに分かりますよ」

誰に聞いてもそう言って、私に詳しいことは教えてくれません。

そうこうしているうちに、五十三次の日が参ったのでございます。

御末の大切なお務めの一つに、駕籠《かご》かきがあります。

諸藩の御簾中《ごれんじゅう》……つまり、奥方様や御姫様方が大奥においでになられる時、外までは男の方たちが駕籠をかいてきますが、奥に入られてから先は女が担《かつ》がねばなりません。そのために御末は背の高い者が選ばれるのです。そして前に五人、後ろに五人。十人で力を合わせて運びます。

しかも、御姫様方にお尻《しり》を向けるのは失礼にあたるということで、前を受け持つ者は、駕籠を担いだまま後ろ向きに進まなければならないのです。無論、落としたりする無礼があってはいけないので、この駕籠かきは日々、鍛錬を怠りません。

私も奥入りしてから何度もこの駕籠かきを練習しました。お駕籠の部屋から駕籠を借ります。この時、人の重さがなくてはならないので、交代で駕籠の中に乗ってみるのもご愛敬《あいきょう》。

「乗ってご覧なさい」

一度、そう言われて中に入ってみると、その小さな駕籠の中は、畳が敷かれ、蒔絵《まきえ》が施されており、ほのかに香が焚《た》き染《し》められていて、座っただけで姫になったような心地になるものでした。

「これは、私たちの密《ひそ》かな楽しみの一つです」

「とはいえ、私などには窮屈なのだけど」

確かに私や明石さんのように、背の高い者が乗ると、駕籠は小さくて窮屈です。やはりやんごとなき姫君は小さくていらっしゃるものだと思ったのです。しかし、

「そうでもないですよ」

と御末頭の六条さんはおっしゃいます。

「いつぞや、どこぞの藩の奥方様がおいでになられた時、担いだ瞬間に、肩が抜けるかと思うほど重かったことがありました」

声を掛け合い、必死に運んで奥の間で下ろしたところ、上背ももちろん、横幅もある奥方様が、小さな駕籠にぎっしりと入っていたことがあったとか。

「やんごとなき方とは申せ、あれは心配りが足りないと、後で文句を言ったものです」

五十三次の日になりますと、それこそ諸藩の皆様が大勢おいでになります。朝からひっきりなしに駕籠を担ぐことになり、御末一同、気合いを入れて臨んでおりました。

「夕顔さん、ほら早く」

五人一組で急いでお錠口《じょうぐち》まで向かう時、夕顔さんが遅れていたので、明石さんが声を上げられました。

「はい、ただいま」

そう言って駆けていらした夕顔さんを見て、私は思わず目を見開きました。

私たち御末は、日ごろ、無地の木綿で、鈍色《にびいろ》をしたお仕着せを着ています。それはこの日も変わりはありません。お城の外からお客様がいらっしゃるから、こうした日には薄化粧をするのが習いでもあります。しかし夕顔さんの顔は、薄化粧とは程遠く、白く塗られておりました。赤い口紅もしっかりと引き、まるで別人のよう。それはまるで、祭りで見かけるお多福のお面のようでございます。

「夕顔さん……お顔が」

私が申しますと、明石さんは私を小突きます。

「いつものことですよ」

夕顔さんは満足そうに頷きます。

「折角の日ですから」

とはいえ、私たちは御簾中や御目見得《おめみえ》以上の御女中方と違い、この日も一日、仕事が詰まっております。しかも、ここからは、ひたすらお駕籠を運ばねばなりません。

「ほら、玉鬘さんはここで」

明石さんは、夕顔さんと私が向き合うようになさいます。夕顔さんは少し背が低いので、駕籠がやや斜めになるのですが、それを精一杯上に上げ、夕顔さんは運びます。すると、駕籠の向こうで白い顔が、ひょこひょこと覗《のぞ》くのです。しかも、何度も繰り返しているうちに、白い化粧は溶けてドロドロになってしまいました。

「夕顔さん……お顔が……」

私は何やら気の毒になりますが、姉女中の皆さんは、それを面白がります。

「夕顔さん、いいお顔」

すると夕顔さんは、

「そうですか」

と楽しそうに笑うのです。

お客様方を運ぶお務めが一段落すると、今度はお庭の出店のお手伝いに向かいます。

夕顔さんはそこで再びお顔を綺麗《きれい》に白塗りをし直して参りました。

居並ぶ出店では、絹織物や簪《かんざし》などのほか、酒や菓子なども売られています。それぞれの御簾中には御祐筆《ごゆうひつ》が控えておられ、何を買い求められたかを記してから、その清算を御広敷用人《おひろしきようにん》がするというのが習わしです。

「墨が切れた。持ってきておくれ」

御祐筆に言われましたら、墨を取りに走ります。

「足袋が汚れた。変えねばならぬ」

いずれかの御姫様に言われましたら、足袋を取りに走ります。

華やかな宴の中にあって、まるで影のようにその狭間《はざま》を走り回り、皆様の不自由のないように立ち回っていました。

「あら、夕顔。今年も花の顔《かんばせ》ですこと」

ある御簾中が夕顔さんに声を掛けます。

「まあ、夕顔。達者でしたか」

夕顔さんは目立つ顔のためか、あちこちで声を掛けられております。そしていつしか、夕顔さんの周りには、華やかな人垣ができておりました。

その時でございます。

「上様の御成り」

その声と共に、華やかな一行が大奥の庭においでになりました。皆一様に後ろへ下がり、次第に人垣が割れていきます。そこへ、ゆったりと歩いていらしたのが、白地に金糸で刺繡《ししゅう》を施された羽織をお召しの殿方です。私は初めて上様の御姿を拝見し、しばらくは茫然《ぼうぜん》と立ち尽くしました。

「玉鬘さん」

明石さんに袖《そで》を引かれて、慌《あわ》てて後ろへ下がり、膝《ひざ》をついて平伏します。すると、斜め前にいらした方々が、ざわざわとさざめいたのです。

「ほら、早う参られよ」

その声と共に、上様の前にひょいと姿を見せたのは、何とあの夕顔さんでした。夕顔さんはそのままその場で膝をつき、上様の前に平伏しました。

「上様におかれましては、ご機嫌うるわしく」

夕顔さんはそう申し上げましたが、直答が許される身分でもなく、御目見得さえ許されない身の上なのです。私は青ざめて冷や汗が伝うのを感じておりました。

しかしすぐに、どっと笑い声が巻き起こりました。

「おお、夕顔か、久しいな。面を上げよ」

「はい」

夕顔さんは顔を上げます。私はまた、夕顔さんのお化粧が汗で崩れているのではないかとはらはらしながら、ちらちらと目線を上げますが、御女中たちの姿に阻《はば》まれ、しかとは見ることができません。

「おお、相変わらず良い顔じゃ。励めよ」

「はい」

上様はそうおっしゃると、夕顔さんを置き去りにして、そのままお美しい御中臈《おちゅうろう》様方を従えて奥の庭を散策され、五十三次の出店をご覧になっておられました。

私は急いで立ち上がり、夕顔さんの元へ駆け寄ろうとしたのですが、夕顔さんの周りにはまた、人垣ができております。

「あと一押しでございますね」

「恐らく、上様ももう貴女のことが気になっておいでですよ」

さんざめく笑い声と、楽し気な話の中で、私は何が何やら分からずに眺めていました。

「いつものことですよ」

後ろに立っていらした明石さんがまた言います。

「いつも……とは」

「上様がおいでになる宴には、夕顔さんはいつもああして、白粉《おしろい》に紅を引き、上様の御目に留まろうとするんです」

「目に留まって、どうなさるのです」

「御手付き中﨟になろうと、思っているのですって」

「は」

私は呆気《あっけ》に取られて口をあんぐりと開けてしまいました。そしてはたと我に返り、口を閉じると、それから再び夕顔さんを見ます。

「しかしそれはその……無謀と申しますか……」

「何でも、随分前に、上様が御末の女中を御目に留めて、御手付きになったことがあったそうです。まだ上様がお若い時分のことだそうですが、まあ、ない話ではないとはいえ……」

「はあ」

「奥女中の皆様も、御簾中の方々も、夕顔さんのそれを半ば面白がっておいでなのです。上様もそうと知りながら、ああしてお戯《たわむ》れに名を呼ばれるのです」

そのお話を聞いてからふと見ると、相変わらず夕顔さんは大勢の皆様の中で笑顔を振りまいておりました。それを見ているうちに、私は夕顔さんが哀れに思えてきたのです。

「あれでは笑いものです」

私は悔しくなって、夕顔さんを止めに入ろうと足を踏み出しました。すると明石さんはそれをぐいと止められます。

「いいんですよ、夕顔さんはあれで」

「何故《なにゆえ》です」

「夕顔さんは、それでいいと言っているのに、止めることはないでしょう」

あんな風に笑われることの、何がいいのか。私にはまるでわかりません。

やがて、皆様が城を下がる刻限となりました。私たちはまた、何台もの駕籠を担いで御簾中を送り出し、その後には、庭に広がる屋台の片づけを手伝い、全《すべ》ての役目を終える頃にはすっかり疲れ果てておりました。

いつもはかしましい夕餉《ゆうげ》の時も、誰もが無言で掻きこむように食べ終えると、草臥《くたび》れて眠りに落ちました。

しかし私の脳裏には、夕顔さんの白塗りの顔と、それを見て笑う華やかな御簾中や、高貴な方々のお顔が焼き付いており、夢とも現《うつつ》ともつかぬ中で、幾度となく蘇《よみがえ》って来たのです。

四月になりますと、灌仏会《かんぶつえ》がございます。この時には、城下の商人たちが大奥に参り、長局に出店が並びます。この灌仏会は大奥の中でのお祭りなので、出店といえども、日ごろ、七つ口に出入りする商家の女将《おかみ》たちが店主を務めることから、五十三次ほど忙しいものではありません。

日頃の務めを終えてしまえば、私たち御末も奥女中の皆様のお邪魔にならぬように、買い物を楽しむこともできます。

御末も少ないですがお手当をいただいており、里への仕送りをしたとしても、幾らかは手元に残ります。とはいえ衣食住は奥で賄《まかな》えるし、外に出ることもございませんので、お金を使うこともありません。こんな時に買い物をするのが唯一《ゆいいつ》の楽しみでございました。

私どもよりも多くのお手当をいただいている御女中の皆様も、ここぞとばかりにお買い物を楽しんでおられます。日本橋の大店《おおだな》からは、目を見張るばかりの反物が並べられ、袋物屋の小物も美しいものばかり。その奥には、御中﨟様や御年寄《おとしより》様方がお召しになられるであろう、豪奢な打掛も衣桁《いこう》に掛けられており、それを見るだけでも眼福でした。

「何を買いましょう」

日頃はあまりはしゃぐことのない明石さんが、娘のように頰を赤くして、あちこちの店を覗いているのが可愛《かわい》らしく思えました。そしてあの夕顔さんもまた、同じように楽し気に、あちらのお店、こちらのお店と覗いています。すると、お店の女将さんたちも夕顔さんを見つけて声を掛けるのです。

「夕顔さん、こちらの半襟は、先ごろ上様から御寵愛《ごちょうあい》を受けておられる御中﨟様とおそろいですよ」

「夕顔さん、この紅は上物ですから、きっとお顔に映えますよ」

すると近くにいる奥女中たちも、

「ほら、夕顔。こちらをお求めなさい」

「こちらの方が良い」

などと、あれこれと世話を焼きます。そのうち、裕福な御中﨟様が面白がって派手な色目の反物を選ぶと、夕顔さんに宛《あて》がいます。

「ほら、これで仕立ててもらいましょう。私が誂《あつら》えて差し上げましょう」

そうして目の前で、華やかな赤い着物を仕立てる算段が整ってしまいました。

「良かったわね、夕顔さん」

御末の面々はそう言って笑います。そこには特に妬《ねた》み嫉《そね》みはないようなのが救いではありますが、何やら奥女中の皆様が、夕顔さんを馬鹿《ばか》にしているように思われて、私はずっと胸に痞《つか》えを覚えておりました。

「難しい顔をしなさんな。ささ、貴女も何か買いなさい」

明石さんに促されて、あちこちの店を見ているうちに、私も心が浮き立ちました。平打ちの綺麗な簪にしようか、美しい袋物にしようかと迷い、結局、平打ちの蝶《ちょう》を模した簪を買ってしまいました。

灌仏会は楽しく時を過ごし、夜、局に戻ると、明日の朝も早いからと、早々に寝支度を始めます。私も夜着に着替えてからふと、人目を避けるように縁側に出ました。

そして、懐《ふところ》に忍ばせていた袱紗《ふくさ》を広げます。そこに包んでいた平打ちの簪をそっと挿してみて、手水《ちょうず》の水鏡の中の自分を見てから、ため息をつきました。

「どうして買ってしまったのかしら」

いつ、どこに挿していくつもりだったのでしょう。日ごろの仕事でうっかり落としてはいけないし、お道具などの上に落とせば傷をつけることにもなりかねません。出かけることもままならぬ日々の暮らしで、こんな蝶の模様の簪など買ってしまったのは、祭りのような熱気にあてられてしまったせいにほかなりません。

改めて見てみれば、この愛らしい簪は己には似合っていないように思われました。

私は、庄屋の一人娘として生まれ、何不自由なく育って来ました。両親共に健在で、兄も達者でおりましたから、後は私が良い縁を得て嫁ぐだけだったのです。しかしそれが、思うようにいきませんでした。

二年ほど前のこと、私には密かに気になっている人がありました。それは当家へ出入りの商人で、江戸の人でした。垢抜《あかぬ》けたその装《よそお》いも周囲にいる人たちとは異なり、軽快な語り口から、母を始め、家で働く女中たちにも気に入られている若者でした。

その人が気に入っているなどと口にしたことはありませんでしたが、密かに思いを寄せていることは、母などは気づいていたかもしれません。つまらぬものとは知りながら、私は手ずから小さな袋物を作り、その人に渡そうと思っていたのです。

家から帰って行くその人を追いかけて野道を走っていると、野畑で小作の若者と煙草《たばこ》をふかしているのを見つけました。声を掛けようと潜んでおりますと、二人の声が聞こえて来たのです。

「庄屋のお嬢さんがあれでは残念だ。大きすぎる。可憐《かれん》な方ならば、それこそ引く手数多《あまた》だろうけれど……」

それは紛れもなくその人の声でした。笑い声と共にそう言うと、通りの向うを歩いている娘に手を振りました。

「あの子は可愛らしい。何ていう名ですかね」

それは、私もよく知る小作の娘で、お梅《うめ》といいました。同い年ですが、背は私の肩ほどしかなく、野良《のら》仕事をしているのに色白で、子猫のように丸い大きな目をしているのです。

私は見つからぬように大きな体をできるだけ縮めながら、そっと家に帰りました。それまで何も不自由を感じたことがなかったのに、初めて己の見目を思い知り、打ちひしがれたのです。

昨年頃になると、お梅にはあちこちから縁談が舞い込んでいました。小作だけではなく、隣村の庄屋の若者からも話が来たし、兄もまた、お梅に気があるようでした。しかし兄には別の縁談が持ち上がり、私が奥入りする少し前に、お梅と同じように、小柄で愛らしい風情《ふぜい》の娘が嫁いで来ました。

「殿方が好むのは、そういう娘なのですね」

私は諦《あきら》めとも、卑屈ともつかぬ言葉を口にしました。母は渋い顔をしていましたが、それを否定はしませんでした。

甘やかされてきた分だけ、私は恥をかくことに慣れていませんでした。だから、成り行きに任せてこの大奥まで逃げて来たのです。

「お梅ならば似合うだろう」

私は手にしていた簪を眺めて、あの子猫のような娘を思い出しました。お梅とは似ても似つかぬ大きな私が、こんなものをどうするのかと思うと、己の愚かさに嫌気がさしました。

そして、そのままくるりと踵《きびす》を返したその時、そこに夕顔さんが立っていたのです。

「夕顔さん」

「玉蔓さん、その簪、お似合いですよ、きっと」

夕顔さんは笑顔で、私の手元を指しておっしゃいます。私はそれが嫌味に聞こえて苦笑します。

「こんな大きな女に、可愛い簪は似合いますまい。私は熱に浮かされ、商家の女将の口車に乗せられて、うっかり散財してしまったと悔いているのです」

「そんなことはありませんよ。似合いますよ」

夕顔さんに言われたところで、素直に喜ぶことはできません。似合わぬ白塗りに真っ赤な紅を差し、人から笑われているというのに、どうして夕顔さんは平気でいられるのでしょう。

夕顔さんはというと、手にしていた蛤貝《はまぐりがい》を私に見せました。

「御中﨟様から、お下がりをいただいたのです。少し、差してみませんか」

貝の内には紅がありました。一筋、二筋、筆の跡がありますが、まだ綺麗に残っております。

「いつも、色々と頂戴《ちょうだい》するのですよ」

夕顔さんは嬉《うれ》しそうにおっしゃいます。私はその様子を見ていて、次第に苛立《いらだ》ってしまいました。

「何がそんなに嬉しいのです」

「え」

「御中﨟様や、御簾中の皆様のご様子を見ていると、何やら夕顔さんが馬鹿にされているように思えて、私は嫌です。あんな風にお化粧をするのも、振る舞うのも、やめられたらいいのに」

私は先日の五十三次から思っていたことを、図らずも口にしてしまいました。

日頃、夕顔さんは本当によく働いています。身軽で足が速く、気が利《き》く夕顔さんは、私たち御末にとっても頼もしいのです。その夕顔さんが馬鹿にされるのは、御末全員が軽んじられているようで、居心地が悪い思いをしていました。

しかしいくら同じ御末とはいえ、年上で、私より奥勤めも長い姉女中である夕顔さんに、あまりな言い方であったかと、我に返って黙り込みました。

「ほら」

不意に唇に冷たい感触があり顔を上げると、夕顔さんの指があてられ、紅が差されておりました。私が固まっていると、夕顔さんは笑って手鏡を差し出します。

「紅を差すと、それだけで心が晴れましょう」

鏡の中の私は、唇がほんのり色付いていて、それだけで、暗がりの中で顔が鮮やかに映って見えたのです。何やら不思議な気がしました。

「先ほどの簪を挿してご覧なさいな」

夕顔さんに言われ、私はためらいましたが、先ほどの失言のこともあり、何か逆らえずにおずおずと簪を挿しました。そして手鏡を見ました。

薄暗い夜の縁側では、口元の紅と、銀の簪だけが浮かび上がり、その二つが呼応して、まるで私ではない可憐な女がそこにいるような、そんな心地がしたのでございます。

「いいお顔」

夕顔さんはそう言って、私の袖を引きます。そして二人で並んで縁側に座りました。

「私のあの白塗りを、貴女のようにおっしゃる方はこれまでもいましたし、おっしゃらなくても思っている方がいるのは知っています」

「ならば何故……」

「上様の御目に留まるかもしれぬと、思ったからです」

明石さんから聞いてはいましたが、当人から聞くとそれはまた、驚きと戸惑いがありました。夕顔さんは、ふっと笑いました。

「まさか真《まこと》にそのようなことを望んでいるとは、思ってもみなかったと……おっしゃりたいのでしょう」

私の言いたいことなど、夕顔さんはすっかりお見通しのようで、私はおずおずと頷きました。

「玉鬘さんは正直ですね」

正直だけが数少ない私の取り柄でしたので、それを敢《あ》えて否定はいたしません。

「玉鬘さんは、庄屋のお生まれでしたか」

「はい」

「私は、御家人の家に生まれました。同じ御末の中にあって、武家に生まれているからと、身分は上だと思われがちではありますが、それこそ庄屋や商家の方々よりも、余程貧しい暮らしをしていたんですよ」

夕顔さんはさながら小噺《こばなし》のように明るい調子でお話しになります。

夕顔さんの御家は、御家人の中でも御徒士《おかち》ということで、さほどの禄高《ろくだか》もなかったそうで、ご一家で暮らすのがやっと。兄と姉、夕顔さんの三人兄妹に、ご両親と年老いた祖母がいらした。

「二つ上の姉がいたのですが、この姉は、それはたいそう美しい人だったんです」

夕顔さんは、

「真ですよ」

と、念を押されます。

「姉妹なのに何故にこんなに違うのかと、周囲から揶揄《やゆ》されるほどでした。しかし姉は生来体が弱く、いつも病がちでした。私は女中も雇えぬ苦しい家のため、母と共に、水仕事に勤《いそ》しんで手は荒れ、日に焼けておりました。やがて年頃になると、姉には降るように縁談が舞い込んだのですが、父はどれにも返事をせず、姉を奥に入れようと考えたのです」

しかし、奥入りと言っても容易なことではありません。奥入りには、容姿よりも家柄よりも、運が要ると言われています。奥に入りたい娘は数多くおりますから、旗本の家とてもそうそう繋《つな》ぎがつけられるわけではありません。評判の美人となれば、上手《うま》くして御手が付けば、上様と縁続きになるという算段も立ちましょうから、話は早く進むこともあります。しかし、それとても容易ではありません。

「縁故を頼って、あちこちに話を持って行ったのは、父にも野心があったからなのでしょう。しかし、姉はそのことに思い悩んでいました。元より体が弱く、気立ても優しい人でした。それゆえにこそ、思い悩む心もまた、姉を苦しめることになり、遂《つい》には枕《まくら》も上がらぬようになってしまったのです。ようやく父が話を通してきた頃には、姉はやせ細って、食べることもままなりません。そして、そのまま消えるように逝《い》ってしまったのです」

父上も母上も、兄上も夕顔さん自身も、姉上の死に打ちひしがれたそうです。若い身空で命を落としたそのこともさることながら、父上は出世の希望を姉上に託していたところもあったので、その気落ちは余計に大きかったそうでございます。

「私は、このままではいけないと思ったのです。このままでは、一家そろって悲しみの中で、沈んでいってしまう。それならばいっそ、私が奥へ参りましょうと、父上に申し上げたのです」

夕顔さんは自嘲《じちょう》するように笑いました。

「その時の父上の顔ったら。それはもう、呆気に取られて絶句して、それから豪快に笑って下さいました」

夕顔さんはそのことを、悲しいというよりも嬉しいことのように話します。

「笑って下さったことで、私はほっとしたのです。そして、笑われても、私は言い募りました。このままここにいたとしても、私はこの家の厄介になりましょう。縁づく当てがないのなら、いっそ博打《ばくち》を打つつもりで、摑《つか》んだ縁故を私のためにお使い下さいと申し上げたのです」

男は家格よりも上に上ることはできない。されど、女は大奥では、才覚一つで上ることができる。まして御手付きになれば、天下人の母ともなれる。それは正に、博打と言うに相応《ふさわ》しいのかもしれません。

「とはいえ、話はそう簡単ではありません。噂《うわさ》の美女を奥入りさせるということで話を通していたというのに、十人並にも満たぬこの私を奥入りさせる話となれば、旗本の殿様も躊躇《ちゅうちょ》なさいます。御中臈様の部屋方として推挙することは叶《かな》わず、とりあえず御末ならば、と話を通して下さったのです」

御末は、大奥を夢見て入ったものの、その務めの過酷さ、地味さから、若い女の出入りは激しいもの。時には既に子もある御家人の御寮人が、暮らしの足しに務めをすることもあれば、商家の女将が紛れ込んで、奥女中に繋ぎをつけることもあるとか。また、私のように、農家から推挙される者や、嫁入り修業のために入る者もいます。

「いざ大奥に入ってみると、まあそれは絢爛豪華なお召し物があちらこちらに見え、姉よりも美しい御姫様方が溢《あふ》れるほどでございましょう。これは参った、どうしたものかと」

「どうしたものかとおっしゃると……」

「どうしたら、上様の御目に留まれるかと」

私は再び驚いて目を見開きました。

「諦めたのではないのですか」

「諦めるわけには参りません。私は、姉の代わりに参ったのです。父の望みを託されているのですから、おいそれと引くわけにはいかぬのです」

「はあ……」

「それで、思いついたのがこれです」

そう言って夕顔さんは、蛤貝の中の紅を示してくれました。

「似合う似合わぬはともかく、白塗りで紅を引き、必死に働く御末の女となれば、気にならぬはずもありますまい」

「とはいえ……その、上様のお気に召すというのとは少し、違うように思うのですが」

するとタ顔さんは、首を横に振られます。

「御手付きの皆様をよくご覧なさいませ。一様に同じような美人とは限りませんよ」

上様が艶福家《えんぷくか》でいらっしゃるのは、奥入りの前から噂で聞いていました。今、大奥で御部屋様《おへや》、御腹様《おはら》として御子を産み参らせた方だけを数えても十人を優に越えます。御手付きだけでしたら、更に大勢。夕顔さんの言う通り、中には何故あの御方がお気に召したのかと、訝《いぶか》しむような方もおいでになり、上様のお好みはよく分からぬと、御末の間でもしばしば話題になっておりました。

「無論、力ある御年寄様や、御老中からの推挙がある御姫様の方が、御目に留まることも多いのは無理からぬこと。されど、御末だからといって諦めるのは、早計です」

「ならば尚《なお》のこと、あのお化粧は違うのではありませんか……」

「同じように美しさで競っても、敵《かな》わぬのは明白です。御手付きではなくとも、美しい方々がこれだけいらっしゃるのですから。しかし、美味《おい》しいお菓子ばかりを召しあがっている方に、更に甘い牡丹餅《ぼたもち》がありますとお勧めするよりも、塩辛い煎餅や、渋いお茶をお勧めした方が良いこともありましょう」

「では、夕顔さんは、塩辛い煎餅だとおっしゃるのですか」

「お口直しに、こうした女をお好みかもしれないじゃありませんか。私は、早くに逝った姉の分まで、存分に力を尽くすことを決めているのです」

それはもう、呆《あき》れたというか、驚いたというか……。

私は大奥に入ってからというもの、卑屈になるばかりでした。

慣れない務めに邁進《まいしん》しながら、その脇《わき》をすり抜けていく美しい御中﨟様たちを眺めるにつけ、己の見目が美しくないことに縮こまり、また、身分が低いことを気にして、これまでにも増して背中を丸めて縮こまることもあったのです。だから日々、何も見ぬように務めに励むことだけを考え、大奥の中で、己ならではの価値など考えてもみませんでした。

もっとも私は、上様の御目に留まろうという野心は、微塵《みじん》もございませんでしたし、これまであらゆることに野心というものを、ついぞ持ったことがありません。しかし今、上様の御目に留まろうとしている夕顔さんのその果敢な様に、心が揺さぶられていました。

「何というか……私は夕顔さんに失礼をしていたのかもしれません」

ようやっと言葉を見つけて申しました。夕顔さんは首を傾《かし》げて笑われます。

「いえ、貴女のお思いのことは、大抵の方が思うことですし、私もまた、初めのうちは思っていましたよ」

夕顔さんは己の顔を両手で挟んで見せます。

「醜い女が何をしたとて、同じだろうにと」

私は言葉を飲みました。己の身に置き換えてみて、確かにそう思っていたからです。

「しかし、そうでもないのですよ」

夕顔さんは清々《すがすが》しい顔でおっしゃいました。

「己のことを、醜いし、御末だし、と卑下しているのは謙虚なようでいて、その実、とても楽なのです。醜かろうと、身分が低かろうと、それでも己にできる精一杯をやると決めてみると、そのための道が見えてきます。その結果があれかと言われてしまえばそれまでですが、それでも己の力を尽くした結果、人に笑われたとしても、あまり痛みは感じぬものです。恥をかくことは、さほどのことではありません。恥をかくやもしれぬと怯《おび》えていることこそ、苦しいのだと、私はそう思います」

夕顔さんは立ち上がります。

「まあ、上の方々が、ああして紅を下さったり、お召し物を下さるのは、半ば面白がっていらっしゃるのも事実でしょう。でも、それも目立ったからこその役得です。厭《いと》う方は私を厭うでしょうけれど、可愛がって下さる方も増えているので、私は楽しいのです」

夕顔さんは私を見て微笑《ほほえ》まれました。薄暗い縁側では、やはり紅だけがはっきりと見えていて、それは美しく映えていました。そしてふと、思いついたように手を打つと、そっと私に耳打ちされました。

「私、以前、御中臈様のお利尾《りお》の方様に似ていると言われたことがあるのです」

お利尾の方様といえば、上様の御寵愛も厚く、大奥の中にあっても屈指の美女と評判の御中臈様です。私は驚いて目を見開き、夕顔さんをしみじみと見ました。しかしどこがどう似ているのか分からず、何とも表情を作るのに困りながら、首を傾げました。すると夕顔さんは面白そうにおっしゃいます。

「目が二つに鼻一つ、口も一つなのですから、見ようによっては似ることもあるのです。美しい方というのは、見目から図抜けている方は無論、おいでになりますが、それよりも何よりも、己は美しいと信じて振る舞う方の方が、美しく見えるもののようですよ」

夕顔さんは、ふふふと笑うと、そのまま局《つぼね》へ戻られました。私は、髪に挿した簪を確かめながら、今日の昼に長局の灌仏会で見た御中﨟様方の様子をまねて、背筋を伸ばして立ち上がってみたのです。するとそれだけで、己が美しいような心地がして参りました。これまで、大きな体を縮めることばかり考えていましたが、大きいならばそれでも良かろうと、そう思えたのでございます。

翌朝も、早くから羽箒《はねぼうき》での掃除に始まり、水を運び、駕籠を運び、務めに追われます。しかしその務めの中で、これまで顔を伏せて目を逸《そ》らして来た、美しい奥女中の方々の様子を垣間《かいま》見るようになりました。

夕顔さんのおっしゃる通り、人目をぱっと惹《ひ》くのは、必ずしも見目の美しさばかりではないと気づいたのです。私がとりわけ美しいと思っていた御三《おさん》の間《ま》の奥女中の方は、よくよく見ると、目鼻が整っているというわけではありませんでした。それよりもその方の優しい笑顔に惹かれていたのだと、気づいたのです。

「縁遠いのは、この大きな体のせいでもありますが、それだけではなかったのかもしれません」

諸藩から届いた名物のお菓子を、御部屋様から御裾《おすそ》分《わ》けいただき、局でお茶と共にいただきながら、私はそう呟《つぶや》きました。すると、隣にいた明石さんはふっと吹き出しました。

「まあ、それはどうしてそう思ったの」

「いえ……ふと」

「昨夜、夕顔さんと話をなさったでしょう」

私が驚いて明石さんを見ると、明石さんは笑いながら、京から届いた薯蕷饅頭《じょうよまんじゅう》を齧《かじ》ります。

「私も同じように、いつぞや夕顔さんの思い切りの良さに励まされてしまったのですよ」

明石さんはゆっくりとお茶を飲みながら、吐息をつかれます。

「私は、幼い頃からの許嫁《いいなずけ》に捨てられ、許嫁よりも何よりも、己のことが大嫌いになりました。見目も器量も、何もかも、全てが駄目だと言われた気がしていたのです。でも、そんな風に生きていては勿体《もったい》ない」

私は、はい、と頷《うなず》きました。

そして振り向くと、務めを終えた夕顔さんが、御末頭の六条さんと笑いながら戻って来るのが見えました。

何やかやと言いながら、夕顔さんの周りにはいつも笑顔があります。それは、夕顔さんの中に揺るがぬ覚悟と強さがあって、それが心地よく思えるからなのかもしれないと、そんな風に気づかされたのです。

「しかし、あの白粉と紅は、似合っているのかは分かりませんが……」

明石さんが不意に付け加えられたので、

「私もそう思います」

と答えて、声を合わせて笑ってしまいました。

奥入りをして一年が過ぎた頃、父からの文が届きました。私の元に縁談が来たので、里下がりをしてくるようにとのことでした。しきたりとしては、三年の奉公でようやく里下がりできるそうですが、御末や御仲居《おなかい》など、身分の低い者については融通が利くそうで、御末頭の六条さんにお話ししたところ、あっさりとお許しをいただきました。縁談のことを話しますと、御末の皆さんはたいそう、喜んでくれました。

「奥勤めが功を奏したんだろうね。それにほら、やって来たころに比べると、随分と体つきが引き締まったのではないかい」

御末頭の六条さんのおっしゃる通り、はじめのうちは肥えて動きも鈍かった私ですが、日ごろの務めをしているうちに、ほどよく体も顔つきも締まって参りました。

「これまでにも、奥入りしていたということで、縁談が舞い込んだ人は大勢いたよ。ほら、明石さんだってそうだったじゃないか」

昨年の末、明石さんの元にも縁談がありました。医師をしていらした方の後添いということで、はじめのうちこそ明石さんは渋っておりましたが、お見合いから戻られてからは、すっかり嫁入りを決めておられました。

「そちらの方は、年こそ上ではありますが、大柄な方でいらしたので、私のことを大きいとはおっしゃいませんでした」

嬉しそうに話す明石さんを見て、私は嬉しさと羨《うらや》ましさとが綯交《ないま》ぜになりながら、奥を去っていく明石さんを見送ったのです。

「ささ、玉鬘さんも、ちゃんと身支度をしなくてはね」

一児の母でもある葵《あおい》さんという年かさの御家人の御寮さんは、あちこちの局にこのことを吹聴《ふいちょう》して下さいました。その結果、局の女中の方々から、着物やら簪やらのお古が舞い込んで来た上、呉服《ごふく》の間《ま》の御女中であるお松《まつ》様が局にいらして、私のために色を合わせて下さいました。

「背が高いから、淡いお色のお召しに、黒い帯で締めた方がよろしいですね」

言われた通りに帯を締めると、黒の色の強さに比して着物の色が淡いので、この身の大きさが目立たぬように見えました。

「これで真っ赤をお召しになると、赤い塊がやって来るように見えるのです。敢えて淡い青で溶け込ませると、ほっと優しい風情になるのですよ」

お松様の助言もいただき、その小袖を頂戴しました。

「お化粧もしないといけませんよ。私がお教えしましょうか」

夕顔さんがおっしゃるので、

「いえ……それはご遠慮します」

と答えますと、私と夕顔さんのやりとりに、居合わせた者は笑います。

「夕顔さんのお化粧を見習っては、来る縁も逃げますよ」

「あら、それでも今年も上様はお声を掛けて下さいましたよ」

一年余りの間、菊見や月見など、様々な宴《うたげ》で上様がお出ましになられると、その都度、夕顔さんはあのお化粧でおいでになり、上様は面白がって声を掛けられます。本来なら、上様に名を問われ、声を掛けられた者は、御年寄様たちが気を回してご寝所へお連れするのが習いだそうです。しかし、御年寄様が、

「夕顔に限ってはその範疇《はんちゅう》ではない」

と一刀両断されたそうです。夕顔さんはそれでも相変わらず、果敢に挑んでおられ

るのです。

そうして私が里へ帰る日、大奥の方々に手を貸していただいた装いで城の外へと出ますと、そこには多摩から迎えに来ていた兄が立っておりました。

「登勢……か」

「はい、兄さん」

小走りで駆け寄ると、兄は驚いたようにしばらく私の様子を見てから、はあっとため息をつきました。

「奥勤めというのは凄《すご》いものだ。あの登勢がこんなに見られるようになるか」

失礼な言いようですが、兄にとって精一杯の私への賛辞だということも分かりました。気恥ずかしくも思いましたが、ここで項垂《うなだ》れて黙っているのでは、これまでの私と変わりません。夕顔さんがおっしゃったように、美しさは、見目ではないと改めて強く思い、ついと背筋を伸ばします。

「あら、兄様、今更お気づきですか」

かつてであれば、おこがましくて言えたものではない台詞《せりふ》ですが、そう言ってみると何やら胸がすく思いがしました。兄に阿呆《あほう》と揶揄《からか》われるかと思いましたが、兄もまた、ああ、と言ったきり黙ってしまったので、それが可笑《おか》しいやら居心地が悪いやら。

里下がりに許されているのは六日間。奥入りにご推挙いただいた旗本の家にご挨拶《あいさつ》に伺い、その足で多摩に帰ります。お見合いをしたり、親族に挨拶をしたりと忙《せわ》しなく過ごして、再び奥に戻って参りました。

「いかがでしたか」

私が戻って来るなり、御末のみならず、呉服の間やら、御三の間、御膳所《ごぜんしょ》の方々まで局にやって来て、話を聞かれます。

「はい……何とか、お見合いをして参りました」

私は照れながらも、お話ししました。

お相手は伊三郎《いさぶろう》さんという方で、私よりも四つほど年かさでした。御家人の三男坊でいらして、当家が持参金代わりに御家人株を買うことで、縁談を調えたということでした。御当人は中肉中背で、大人しく穏やかそうな方だったのですが、そちらのお姑《しゅうとめ》さんがおしゃべりな方で、私に大奥の話を色々とお聞きになります。

本来は、奥の中で見聞きしたことを外で話すのはご法度《はっと》。

「でもまあ、里の者に聞かれれば、あれこれと喋《しゃべ》ってしまうものですよねえ」

御末の面々はそう言って笑います。

「私もその……夕顔さんのことを」

「夕顔さんのことって、まさか白塗りの話を」

「いえ……上様に御声を掛けられた方が、同じ部屋にいると」

すると、局はどっと笑いに包まれます。

「確かに御声を掛けられてはいるけれど」

しかしお姑さんはそうは受け取らなかったようで、高貴な上様に声を掛けられた御女中と親しいと聞いて、それだけでもう、私の株も上がったようだったのです。

「だから奥勤めは有難い」

奥女中とはいえ、日々、忙しさの中で体を使っている御末たちにとって、それでも続けられる理由の一つは、大奥というものに向けられる、市井《しせい》の羨望《せんぼう》のまなざしにあります。

「元奥女中というだけで、それこそ、二割増し美人に見えるらしいから」

「こちとら、掃除洗濯をして、時折お菓子を食べて、長屋のかみさんと変わりはないけれど」

「そうそう。でも、人から奥勤めをしてきたと言われると、こちらもまるで美人になったように振る舞ってしまって」

葵さんが科《しな》を作って見せます。

「それで、お話はまとまりそうかい」

誰ともなしに問われ、私の答えを待つ顔が四方から迫って参ります。

「……はい。お蔭《かげ》様で」

一様にほっとため息をつかれました。

「色々とありがとうございました」

私はそう言ってぐるりと見渡したのですが、その中に夕顔さんの姿が見えません。

「先ほどから、夕顔さんの姿がないんですが」

私が問いますと、葵さんが、ああ、と頷き、

「御中﨟《おちゅうろう》のお信《のぶ》の方様の部屋方女中が、夕顔さんに用があるとかで、呼びにいらしていたけれど」

「お叱《しか》りじゃないですよね」

私は不安になって問いかけます。何せ、白塗りに紅で知られた夕顔さんですから、人によっては気に入らぬ方もいます。

「いやいや……それは大丈夫でしょう」

そんなやりとりをしていると、廊下をパタパタと早足で駆けて来る音がしました。

「あ、戻って来た」

長局に入って来たのは、額に汗を浮かべ、頬を赤くした夕顔さんでした。

「ああ、玉鬘さん、お帰りなさい」

「ただいま戻りました。そんなことより、夕顔さん、どうなさったんです」

「はい」

夕顔さんは息を整えてその場に座ります。

「あの……信じられないことが」

御末の皆さんは一様に顔を見合わせ、

「まさか、上様の御手付きになるとか」

声を揃《そろ》えます。すると夕顔さんは一瞬、黙ってから、すぐに、いえいえいえ、と首を振ります。

「残念ながらそうではないのですが、その、お信の方様が、部屋方女中にならないかと……」

「え」

皆さんが一斉に声を上げます。

お信の方様は、上様の御手付きとなった御中﨟様です。一時はご懐妊の噂もありましたが、御子には恵まれておらず、近頃では上様の足も遠のいていました。

するとと、六条さんが膝《ひざ》を進められました。

「少し前から、お信の方様の部屋方女中から、お話があったのです。お信の方様はかねてから、明るくて楽しいからと、夕顔のことを気に入っていらしたそうでね。だから私も、夕顔ならば部屋方としても立派に務められると、お勧めしておきましたよ」

六条さんは、優しく笑っておられます。

「しかし……どうしましょう」

夕顔さんは座り込んだまま、戸惑った様子を見せます。

「どうしましょうって、何がですか」

「私は、上様の御声掛かりで御中﨟様になりたいと思っていたのに……御手付きのお信の方様と相争うことになっては、それこそ不忠となりますまいか」

しばらくの沈黙の後、局の中はどっと笑いに包まれました。

「気にしなさんな。夕顔さんが御声掛かりで御手付きになったとしたら、よくやったと快哉《かいさい》を叫んでくれこそすれ、妬んだりはしませんよ。大奥中で喜んでくれますよ」

葵さんが言いますと、皆、深く頷きます。そして私もそう思いました。そんな日が来るかどうかは分かりませんが、もし来たとしても、そのお信の方様も喜んで下さるように思えたのです。

私と夕顔さんは同じ日に、御末の部屋を出て行くことになりました。

共に日々の務めを行いながらの片付けは、時には夜にまで及びました。私は一度、ちゃんと夕顔さんに御礼を言わねばならないと思い、御膳所からいただいたお菓子をこっそり持って、いつぞやのように夜、縁側に誘いました。

「讃岐《さぬき》の和三盆の落雁《らくがん》だそうです」

私が差し出すと、夕顔さんは喜んでくれました。二人で並んで落雁をつまみお茶を飲みながら、月を眺めておりました。

「こんなに早く失礼することになるとは、思いもしませんでした」

私が申しますと、夕顔さんは笑います。

「花嫁修業でいらっしゃる方は、一、二年で下がられる方も多いようですよ。無論、六条さんは十年余り、御末として務めておられるし、他にも五年、十年とお務めの方もいますが……」

「それにしても、ご出世は珍しいのでは」

「まあ……そうでございますね。かつては御手付きで一足飛びに御中臈になられた方がいたようですが……」

「そういうことではなく」

「まあ、御末頭の六条さんが、いずれは御三の間に上がられることはあると思います」
部屋方となると、お上に直《じか》に雇われるのではなく、御中﨟様のお抱えとなるので、
御末頭に出世するのとは少し趣が異なります。しかし、務めは御末よりも大分楽にな
りますし、起きる刻限からして変わります。
「お召し物も変わるのでしょう」
部屋方になりますと、鈍色《にびいろ》のような無地の着物ではなく、その部屋のお仕着せがい
ただけます。御方様のお気に召せば、そのうち小袖《こそで》や打掛を着るようにもなります。
「お名も変わりましょう」
「そうですねえ」
夕顔さんは落雁を口に放り込みながら、そうおっしゃいます。
「朝早くから休む間もなく働きながら、大奥の日々の暮らしを支えるこのお役目が、
私は存外、気に入っていたのです。ここで誰よりもよく働くことを、目指していたの
でしょうね。部屋方になったとしても、誰よりも早く起きて、御末の方よりも丁寧に
羽箒で掃き清めかねないかもしれません」
夕顔さんならばやりかねないとも思いました。

「夕顔さんならば、どこの局でもやっていける気がします」

私は確信を持って言いました。

「夕顔さんは、たとえ御手付きにならずとも、このまま出世していかれますよ。そしていずれは、御年寄《おとしより》様にもなれるかもしれません」

「お清《きよ》としての出世街道を進みますか」

「はい。御末から御年寄様に、なって下さいませ」

夕顔さんは、歯を見せて満面の笑みを浮かべます。

「それも良いですね。では、次からはそれを目指しましょうか」

そして夕顔さんは私の顔を覗《のぞ》きます。

「玉鬘さんも縁が調われたそうで、おめでとうございます」

「ありがとうございます。夕顔さんのお蔭なのです。私は己の見目故《ゆえ》に縮こまっていた心を、夕顔さんに癒《いや》していただきました。もっとも、先方は御家人株欲しさに、渋々ご承知なさったのかもしれませんが……」

余りにもあっさりと縁談が調ったことが、私の心に一抹の不安を残しておりました。

恐らく母も同じ思いだったのでしょう。大奥に戻る時に、

「先方は、御家人株に惹かれただけで、登勢を粗末にしやしないでしょうか」

と繰り返し案じていました。

「何をおっしゃるんですか。違いますよ」

夕顔さんははっきりと否定されます。あまりに強い口調だったので、私は驚いてしまいました。夕顔さんは深く頷きます。

「間違いなく、玉蔓さんを気に入ったから、縁談を進められたのです」

「何故……そう思われるのですか」

「何故も何も、そうだからです」

私が首を傾げると、夕顔さんはふん、と微《かす》かに鼻の穴を膨らませるように笑います。

「いいですか、どうせ人の心など見えぬのです。見えぬ人の心の中を、悪い思いだと勝手に推察したところで、何の得にもなりますまい。それならば、良い思いを持っているのだと信じた方が幸せでしょう。今、目の前にある事実としては、先方は縁談を受けられた。これからは夫婦となり、玉蔓さんと共に暮らすと決めたということです。そのことから推察される、一番幸せなことは何ですか」

夕顔さんに問われて、私は改めて思いを巡らせました。一度しか会っていない伊三郎さんは、とても優しげな方で、私はその方がお話を受けてくれたのが、嬉しかったのです。

「もし、伊三郎さんが、私を愛《いと》しいと思って下さったのなら、こんなに嬉しいことはありません」

知らずか細い声になりながらようやっと口にすると、顔から火が出るように恥ずかしさが襲ってきて、私は両手で頬を覆《おお》いました。夕顔さんはそんな私を見て大いに笑い、私の手を取ります。

「良いじゃありませんか。伊三郎さんとおっしゃるその方は、貴女《あなた》をお気に召したんです。だから堂々となさいませ」

そう言って夕顔さんは、懐《ふところ》から蛤貝を出しました。そしてそれを、私の手に握らせます。

「これは貴女に差し上げましょう」

私はそれを受け取って、中を開けてみました。そこには一筋の筆の跡もなく、真新しいものでした。

「こんな勿体ない……」

私が押し返そうとすると、夕顔さんは首を横に振ります。

「私はこの大奥に入って、初めて紅を差しました。そしてそれが私に力をくれたのです。貴女がこれから、どんな暮らしをされるのかは存じませんが、御家人の家ともなれば、不自由も多いでしょう。だから、これは私から貴女への餞別《せんべつ》です」

夕顔さんの顔を見ながら、嬉しくて思わず泣きそうになりました。しかし、涙をぐっと飲み込むと、その蛤貝を見てふと笑いました。

「紅を引く度に、夕顔さんの白粉顔《おしろいがお》を思い出しそうで困ります」

「あら、可愛《かわい》かったでしょう」

私は、脳裏に何度も浮かぶ、駕籠《かご》を必死で担《かつ》ぐ、汗まみれの夕顔さんの顔を思いました。それは滑稽《こっけい》に思えたり、哀れに思えたりしたこともありましたが、何より真《ま》っ直《す》ぐで、力強く愛らしかったのです。

「ええ、可愛くていらした」

私の言葉に、夕顔さんは逆に驚いたような顔をなさいましたが、やがて穏やかに微笑まれたのです。

それから私は大奥を辞し、伊三郎さんと夫婦となりました。御家人株を買って、江戸市中の役宅に二人で住まうことになったのですが、その暮らしはお世辞にも豊かと言えるものではありません。

やがて二年が経《た》つ頃には、二人の子宝に恵まれ、質素に暮らしていました。同じく江戸のお医者様に嫁いだという明石さんと町中で会うことがありました。その時、互いに話し合うのは、いつも夕顔さんのことばかり。

また二人で時折、日本橋の御用達笠木屋《ごようたしかさぎ》の女将《おかみ》、千沙《ちさ》さんの元を訪ね、大奥の話を聞きました。やはり何よりも気になったのは夕顔さんのことでした。

「夕顔さんは今や、名もお正《まさ》様と改められ、出世頭でございますよ」

部屋方としてお仕えしていたお信の方様のご推挙を受けて、御三の間に昇進。御三の間では、舞の上手として知られ、御台《みだい》様の覚えもめでたい奥女中となられたそうでございます。

「ほら、こちらがお正様の御品でございますよ」

そう言って千沙に見せられたのは、絢爛《けんらん》豪華な金糸銀糸を施した、紅の名品でございました。私と明石さんは、それぞれに赤子を背に負いながら、あんぐりと口を開けてその立派な小袖を見つめておりましたが、どうしてもあの白粉と紅の夕顔さんが思い出されて、ふっと笑ってしまうのです。

「きっと相変わらず、あのお方の周りには、笑い声が溢れていらっしゃるのでしょう」

その様が思い描かれて、懐《なつ》かしく思い出されるのです。

日々の暮らしは忙しなく、紅を差すことも少ないのですが、私の小さな鏡台の引出しの中には今も、小さな蛤貝《はまぐりがい》の紅が大切にしまわれております。

つはものの女

負けるわけにはいかぬ。

それが私の口癖でございました。

十二の年で大奥に上がってからと言うもの、これまでにも様々な苦悩はありましたが、それでもくじけずに、二十年余りの日々を過ごして来られたのは、ひとえにこの心意気があってこそのことだと思っております。

部屋付女中として上がり、御三《おさん》の間《ま》、祐筆《ゆうひつ》と着実に出世の道を歩んで参りました。祐筆の間での務めは、奥の記録や、奥の皆様の文の代筆など。祐筆ともなれば御目《おめ》見得《みえ》以上。上つ方々とも近しく言葉を交わし、禄《ろく》も多分にいただく身分となります。

「ここまで来れば十分。お役に誇りも持てるし、里への仕送りもでき、御家のためにもなる。面目も立つ」

それが大方の女中たちの声でございます。しかし全《すべ》ての本音かというと、さにあらず。そこから先への出世の道は、さらに狭く険しいものになるからにほかなりません。

私は奥に上がった折から、御手付きになることを望んだこともなく、里下がりして嫁入りする気もなく、ひたすらにお役に邁進《まいしん》し、出世を望んで参りました。その私にとっては、更に上へと続く階《きざはし》があるのなら、何としてでも上りたいというのが、常の願いでありました。

そうして迎えた文政《ぶんせい》十年のこと。一つの話が舞い込んだのです。

「表使《おもてづかい》の初瀬《はつせ》様が、お役を退き、出家を望まれている」

表使とは、大奥の重役であられる御年寄《おとしより》の方々からの要望を、表の役人たちに伝えるのが主な役目。大奥の中にあって、公《おおやけ》に殿方と会うことを許された立場でもあります。

上様……家斉《いえなり》公は、十五歳で将軍となられ、いまや五十五におなりです。長らくその位にいらっしゃることから、大奥には上様がお若い時分からお仕えした方が大勢おいでになります。

初瀬様は、古参の女中のお一人で、齢《よわい》も五十を優に越えていらっしゃいます。

「初瀬様は、表使の後継となる女中を探しておられる」

その話は、瞬《また》く間に大奥中に知れ渡りました。

私としてはすぐにでも飛びつきたいところでしたが、これまであまり初瀬様と近しくしてこなかったこともあり、なかなかお会いすることができません。ただ、初瀬様は近しい女中たちの中から、これといった後継を見つけることができずにいるというのも、話に伝え聞いております。

「これは好機でございますよ、お克様《かつさま》」

私の部屋付女中であるお美津《みつ》は、目を輝かせて私の背を押します。

「私は、お克様こそが、表使に相応《ふさわ》しいと思います。お克様であれば、表の方々とも堂々と渡り合うことができますよ。私などからしますと、初瀬様は頼りないくらいです」

今年十七になるお美津はたいそう、私を慕ってくれています。贔屓目《ひいきめ》というものもあるかもしれませんが、それは嬉《うれ》しい言葉でもありました。

また、お美津の言う通り、私も初瀬様は、どうにも頼りない方のように思っておりました。直《じか》に言葉を交わしたことはありませんが、昨年の花見の折にも、御年寄様のご要望がいくつか叶《かな》わなかったのは、初瀬様の弱腰のせいだという話を耳にしたことがあります。遠目に見ても、いつも柔らかく微笑《ほほえ》んでおられ、声も小さい。殿方と話をするには、侮《あなど》られるのではないかと思えるほどでした。

「あの方が表使をしておられるのは、ひとえに年の功というもの。しかも長らく位にいらっしゃるので、下の者の出世の妨げになっている」

口さがない者の中には、そのように誹《そし》る人もありました。

あの方に務まるのならば、私にも務まるはず。そう思う気持ちは、日に日に大きくなっておりました。

「そうなりますと、お克様も、三字名になられるのですね……」

お美津はうっとりと申します。

私やお美津のように、名の上に「お」を添えて呼ばれる名のことを、「おの字名」と申します。お役が重くなると、「初瀬」「音羽《おとわ》」「矢島《やじま》」などといった「三字名」という名に変わるのが習わしでございました。また、その名は役職によって受け継がれるもの。もしも私が初瀬様の後を継ぐこととなれば、名を「初瀬」と改めることになります。

それを思い描いてみると、胸の内に沸々《ふつふつ》と希望が湧《わ》くように感じられました。

そんなある日のこと。

「お克様はおいでになられるか」

声を掛けられて文机《ふづくえ》から顔を上げると、そこにいたのは、同じ祐筆のお藤《ふじ》でした。

私は、書きかけていたさる御中﨟《おちゅうろう》から某藩への礼状を片付け、お藤の元へ向かいました。

お藤は私と同じ年の頃に大奥に上がり、御付女中を経て、同じように出世の道を歩んで来ました。

そのお藤が私を手招きします。

「いかがなさいました」

「お克様、貴女《あなた》、表使になりたいとは、思われませんか」

「それは無論……もしや貴女もお望みか」

「いえ、私は結構。祐筆が気に入っております故《ゆえ》」

どうやらお藤と争わずに済むと思うと、それはありがたいことでした。となると、なぜそのようなことを聞かれるのかと怪訝《けげん》な顔をしていると、お藤はふっと微笑みます。

「貴女はお忘れかもしれませんが、私はかつて初瀬様の部屋付女中をしておりました」

すっかり失念しておりました。

ただその頃、初瀬様のお伴《とも》で御広敷《おひろしき》に入ったことを機に、表の御広敷役人の一人の殿方がお藤に思いを寄せるようになり、文を送ったとか送らぬとかで、悶着《もんちゃく》があったような記憶も過《よぎ》りました。

「私のことは、お気になさらず」

お藤は笑います。

その悶着の後、上様の御目に留まったお藤でしたが、上様のご意向には添えぬと、お咎《とが》めを覚悟でそれを辞退したというのもまた、大奥の中では実《まこと》しやかに囁《ささや》かれている話です。私はそのお藤の噂《うわさ》について、あれこれと掘り返すつもりはありません。ただ、お藤がそういった騒動をも乗り越え、ここまで粛々と己の道を進んできていることに、信頼を置いているのです。

「初瀬様は物の分からぬ私を導き、守り、大奥で生きる術《すべ》を教えて下さった、敬愛すべき御方です。その方から、推挙するべき人はいるかと問われたので、貴女の名を挙げておきました」

「私を」

「ええ。貴女ほど、出世に対して前向きな方を存じ上げないので」

「それではまるで、私が欲深いようですね」

「あら、欲深くて結構でしょう。欲のない人が出世して、お役が務まるものですか」

言い得て妙というもの。欲のない者に、大奥で生きる術などないのかもしれません。

かくして私は、初めて初瀬様とお会いすることになりました。

初瀬様の局《つぼね》を訪ねると、中には沈香《じんこう》の香りが立ち込めておりました。脇息《きょうそく》に凭《もた》れて座っておられる初瀬様は、白髪を綺麗《きれい》に結い上げられ、落ち着いた紺色に花を散らした打掛を羽織っておいでです。膝《ひざ》に乗る白い猫を撫《な》でるその姿は、さながら日向《ひなた》の縁側にいる楽隠居のようで、この人が何故《なにゆえ》、重いお役を担《にな》えているのかと思うほどでありました。そしてゆっくりと顔を上げて私をご覧になります。

「そなたが、お克か」

その声は、先ほどの縁側の老女から一転、大奥の重役のそれらしく、低く重みを帯びていました。

「はい。以後お見知りおき下さいませ」

私が慌《あわ》てて深く頭を下げると、

「ささ、顔を上げなさい」

打って変わって優しい声が聞こえます。ゆっくりと顔を上げる途中、猫の金の目と視線がぶつかり、そこで動きを止めました。

「おお、これ、この猫は白雪《しらゆき》と申すのじゃ」

穏やかに微笑みながらそうおっしゃいます。

「は、あ、はい」

ここですぐに可愛《かわい》い猫だと褒められれば良かったものを、たどたどしい答えになりました。私の頭の中は、いかに表使になりたいかを伝えることでいっぱいで、猫のことなど気にかけている場合ではなかったのです。すると初瀬様は視線を私から外し、白雪を撫でます。

「そなたが表使になりたがっていると、お藤から聞いた」

再び低い声で、急に本題に切り込みます。この方の話し方の緩急に戸惑いながらも、私は慌てて手をつきます。

「は、僭越《せんえつ》ながら」

「さて、では表使とは何と心得る」

「はい、奥の声を表へ伝える重要なお役目と存じます」

「ふむ」

可とも不可ともなく、ただそのままを受け止めた初瀬様の様子に、私は不安を覚えて固唾《かたず》を飲みます。しかし待てども初瀬様は何もお答えにならず、ただ猫を撫でるばかり。猫はにゃあおと鳴きながら私を一睨《ひとにら》みします。私は思わずその猫を睨み返しました。

「あの」

「何じゃ」

「私の答えは誤りでしたでしょうか」

　すると初瀬様は首を傾《かし》げます。

「誤りなわけがなかろう。その通り、それが表使の役目じゃ」

「はい……」

　それきり初瀬様は何も言いません。更にお役の後継に名乗りを上げたいけれど、摑《つか》みどころがなさすぎて話の進め方が分からないのです。長く大奥にあって、こんな風に戸惑ったことはこれまでにありません。次の言葉を探しているとふと思い立ったように初瀬様が口を開きました。

「さて、では一つ、そなたに手伝ってもらおうか」

「手伝い……で、ございますか」

「さよう。菊見の宴《うたげ》の支度でな。既に大方の算段はついているのだが、御年寄様が追加で願い出られたことがある。それについて、そなたに力を貸してほしい」

「はい」

「ただ、もう一人、別の女中にも、別のことを頼んでおる」

「もう一人……それはどなたでしょう」

「呉服《ごふく》の間《ま》のお涼《りょう》という者だ。その者もまたそなたと同じく、表使となることを望んでおる」

なるほど、二人を競わせようというのだと分かりました。いずれか役目を果たすことができた者が、表使となることができる。なかなか老獪《ろうかい》な人なのだと、初瀬様への認識を少し改めました。

「承知しました。して、お役目とは」

「何、容易《たやす》いこと。御年寄様におかれては、近侍《きんじ》の姪御《めいご》様を、この菊見の宴で上様にお引き合わせしたいと思《おぼ》し召《め》しじゃ。それ故、その姫の衣を新調したいのだが、表に金子を都合して欲しいと仰《おお》せじゃ」

御年寄や御中﨟の中には、身内の者や近侍の女中を、上様の御手付きとすることで、自らの地位安泰を図る者が少なからずいることは、私も存じておりました。

この役目を果たすことができたのなら、表使になれるのはもちろん、御年寄様からの信頼も得ることができる。一挙両得とはこのことです。

「三日の後、御広敷にて、表のお役人にお目通りとなる。よろしいか」

「かしこまりました。必ずや、お役目を果たしてご覧に入れます」

私が頭を下げるのを、初瀬様はどこか面白そうに眺めておられました。

初瀬様の局を辞して、長い廊下を歩きながら、打掛を掻《か》く手に思わず力が入ります。

「負けるわけにはいかぬ」

声に出してそう言うと、次第に心は高揚して参ります。お涼とやらが何者かは存じませんが、この勝負、私がいただくのだと強い決意を固めておりました。

まずはその姪御様の姿を拝見しようと、御年寄様の局近くまで出向きました。まだ表使でもない、一介の祐筆である私が、御年寄様の局に無遠慮に足を踏み入れることは叶いません。日にちがあれば根回しをして、直に挨拶《あいさつ》をすることも叶いましょうが、仕方なく遠目に確かめるだけでございます。

「……あれは、上様のお好みなのでしょうか」

伴をしてきたお美津は、姪御様を見るなり、無遠慮にそう言います。私はそのお美津を窘《たしな》めながら、確かにそう思いました。

決して美しくないとは申しません。色白で愛らしいと言えるかもしれません。しかし並み居る上様御寵愛《ごちょうあい》の御中臈様方に比べると、見劣りするのは否《いな》めません。事実、御年寄様の傍近くに出入りしている女中に話を聞いても、苦笑を浮かべました。

「正直、あれは身贔屓というものですよ。あの方が上様の御目に留まるというのなら、私でさえ御目に留まるやもしれぬと思いますよ」

上様はただでさえ気が多くていらして、大勢の側室がいらっしゃいます。この上、更に増やすのは、いかがなものなのか。そんな風に思ってしまうこともあるのですが、それは私見というもの。お役においては、目を瞑《つぶ》らねばなりません。

しかし、その姫の衣を誂《あつら》えるために金子を都合してもらうというのは、無理難題のようにも思われました。

負けるわけにはいかぬ。

その一心だけで、何とか詭《き》弁《べん》を弄《ろう》するほかに術はありません。

「きっと、お克様が勝たれます」

お美津はそう言って胸を張ります。局の主《あるじ》である私を敬ってくれるのはありがたいのですが、何の根拠もなく言われても、何やら気恥ずかしいだけで、苦笑するほかありません。しかしお美津は更に言い募ります。

「お涼という方は、大した方ではありませんよ」

「そなた、存じておるのか」

「はい」

何でも、今回の話を聞いてから、御膳所《ごぜんしょ》の御《お》仲居《なかい》たちにまでお涼の噂を聞いて回ったとか。

「先方も、お克様の噂を集めているといいますから、お互い様です」

つんとして言い放ちます。

それによると、お涼はどうやら気配りの利《き》く優しい姉女中として、信頼を集めている方だとか。此度《こたび》の表使に名乗りを上げたのも、周囲から勧められたからだと話しているらしい。

「そのくせ、初瀬様のお猫様に、手ずから刺繡《ししゅう》した前掛けを贈ったりしているとか」

「猫に」

「ええ。あの白雪というお猫様は、たいそうなものだそうです」

お美津が聞いた話によりますと、何でも御台《みだい》様が可愛がっておられる八重姫《やえひめ》という白猫と姉妹にあたるとか。白雪は、金色の目。八重姫は榛色《はしばみいろ》の目で、そのほかは顔立ちも毛並みもそっくり。時折、猫同士が大奥の廊下でじゃれ合うこともあるそうです。

「猫が紡《つむ》いだご縁で、御台様と初瀬様は親しくされているそうです。それも初瀬様が表使としてご出世された所以《ゆえん》であると、噂されているほどなのです」

そしてお美津は、ふうっと深くため息をつきます。

「そういうお猫様とはいえ、それに贈り物をするお涼という人は何でしょう。魂胆が見え見えで、私は好きになれません。お克様のように裏表のない方こそが、ご出世なさらなければ、大奥は息苦しくてかないません」

確かに、この大奥では犬猫を飼っている者も多くございます。また、力ある女中の元には、商人や藩から、犬猫のための貢《みつ》ぎ物が送られているという話も聞いております。祐筆としてそれらへの礼状を認《したた》めたこともありました。

「なるほど……それほどのお猫様であったのなら、私も何ぞ贈り物をするべきであったな。前掛けとは思いつかなんだ。今からでも鰹節《かつおぶし》を一節、進呈しようか」

私が言うと、お美津は嫌そうに眉《まゆ》を寄せます。

「お止《や》め下さい。お克様らしくありません」

お美津の闊達《かったつ》な物言いに励まされながら、遂《つい》に、その日を迎えました。

御広敷への廊下は、これまで何度も見てきたはずなのに、何やら異様に長く感じられました。さながら異界への入り口に立ったような気がしていたのは、気負いすぎているからなのかもしれません。足元さえ覚束《おぼつか》ないように思え、私は足袋の親指でぎゅっと廊下を踏みしめると、顔を上げて渡りました。

御広敷に入りますと、そこには小柄な女中が一人、座っております。その人はすっと私に膝を向けると、丁寧に頭を下げます。

「お初にお目にかかります。お涼と申します」

私もまた、膝をつき、挨拶をします。

「お初にお目にかかります。お克と申します」

しばらくあって顔を上げると、お涼は笑顔を見せました。

「思いがけず、このような形でご一緒させていただくことになりまして、恐縮しております」

「こちらこそ」

私は流暢《りゅうちょう》に言葉を紡ぐことができず、どこか無愛想な返答になってしまいました。

沈黙の中、隣に並んで座るお涼のことを横目に見やります。

お涼は丸顔で、体軀《たいく》もふっくらとしており、どこかお多福人形のような風情《ふぜい》があります。人に警戒心を抱かせぬ柔らかさを感じさせますが、この場に座っているということは、並々ならぬ覚悟も持っているのでしょう。見た目と裏腹なその闘志を密《ひそ》かに感じ、私は背筋を伸ばしました。

その時、御広敷の襖《ふすま》が開いて初瀬様が入って来られました。

「お二人とも、よう参られた。間もなく御広敷役人の窪田《くぼた》様がおいでになられる」

そう言ってから、私とお涼の顔をしみじみと見比べると、うん、と深く頷《うなず》かれました。

「よい面構《つら》えじゃなあ」

褒めるともなくそう言われ、私は面構えと言われるほど固い表情をしているのかと、思わず頰に手をやりました。

初瀬様は上座を空けて座られ、私とお涼はその後ろに控えておりました。ほどなくして殿方が御広敷に足を踏み入れられました。

「本日はお運びいただきまして、忝《かたじけの》うございます」

初瀬様は大仰なほどに高めの声でそう仰せになり、深く頭を下げられました。窪田様は、初瀬様と年のころも近い様子。白髪交じりの頭で機嫌よく頷きます。

「いや、礼には及びません。して、そちらが」

「はい。こちらにおりますのが、呉服の間のお涼。そしてこちらが祐筆のお克でございます。つきましては、まずはお涼から、此度の御年寄様のお願いを申し上げます」

私は横目にお涼を見やります。お涼は小さく震えているようにさえ見えましたが、やがて気を取り直したように、口を開きます。

「菊見の宴に際しまして、御年寄様におかれましては、新たに御中﨟様になられたお紺《こん》の方様をおもてなししたいと仰せになられ、ご酒を仕入れたいとお望みでございます」

お涼は柔らかい声でそう話します。

「ご酒でございますか。先に、菊見の宴のために御支度申し上げていたものでは足りませんか」

「はい……その、お紺の方様は、ご酒をかなりお好みでいらっしゃることもあり、せっかくならば上方より取り寄せた灘《なだ》の酒を振る舞いたいとお望みでいらっしゃいます」

「それは、御年寄様の勝手というものでございましょう。とりあえず、既にご用意致した金子のうちで御支度できぬものならば、諦《あきら》めていただく他はございません」

「そのような無慈悲なことを。御年寄様といたしましても、折角の宴の席、ご接待申し上げたいというお気持ちも重々に分かりましょう」

微笑みを交えて、同情を誘うように首を傾げます。されど、窪田様は眉根を寄せたまま。

「さて、我らにとっては分かりかねます。菊見の宴は菊が主役。下らぬ酒でも盃《さかずき》に花びらを浮かべれば、ただそれだけで極上の美酒に変わる。それが菊見というものです。もしもどうしてもお望みということであれば、十分にお禄を頂戴《ちょうだい》しておられる御年寄様のこと。御自らの懐《ふところ》から御支度をされるがよろしかろう。それをして初めて、馳走《ちそう》と申すもの」

「……しかし……」

「何であろうと許されると思い召されるな、と、お伝え下さい」

窪田様はそう言い切ると、それ以上、お涼からの言葉を聞こうとはなさらず、ついとお涼の方に向けていた膝を、初瀬様に戻されました。お涼の顔が見る間に青ざめていくのが分かりました。初瀬様はというと、そのお涼の様子に何ら気を配る様子もありません。

「では、お克」

私は思わず唾《つば》をごくりと飲み込みます。

「負けるわけにはいかぬ」

声に出さず、念じるように口だけを小さく動かすと、顔を上げて窪田様を見据えました。

「同じく、菊見の宴のことでございます。御年寄様におかれましては、上様にお似合いの娘が近侍におられるとお考えです。それ故、この宴の折に、お引き合わせをしたいとお望みなのですが、その娘の衣を新調するための支度金をお望みなのです」

「ではその娘とやらは、それほどまでに上様のお好みか」

「畏《おそ》れ多くも、私のような下々の者にとりましては、上様がどのような御姫様をお望みかは測りかねます。しかし、御年寄様は長らく上様にお仕えしておられる故、その娘こそと思われたのでございましょう」

「それならば、それこそ御年寄様が御支度をなさるがよろしかろう」

「大奥の何たるかは、窪田様とてお判《わか》りのはず。大奥は、上様に安らいでいただくための場でございます。それゆえ、側女《そばめ》は欠かすことができませぬ。その御支度はむしろ、上様の御為《おんため》でございましょう」

「賢《さか》し気《げ》に上様の名を振りかざすでない」

窪田様はかっと目を見開き、語気を強めて言い放ちました。私は思わず身を縮めましたが、同時にその窪田様の態度に苛立《いらだ》ちました。私は腹に力を込めると、背筋を伸ばして再び窪田様を真正面から見据えます。

「それは浅慮でございました。されど、それが大奥の有様と思いましたゆえ」

「ならば私からも言わせてもらおう。上様は何も、衣の色目で好みを決めておられるわけではない。もしも真《まこと》にお好みの女であれば、何を羽織っておろうとも、すぐさま見つけてしまう。何せ、御半下《おはした》の女さえ、一目で気に入り側女にしてしまったのだから。そちらも、御年寄様の心得違いというものであろう」

叱咤《しった》の声を浴びながら、私は反論の言葉を探しますが、どうにも次の言葉が思い浮かびません。何故《なぜ》ならば、窪田様の仰せの通りであると、私も分かっているからです。

項垂《うなだ》れながら、縮こまっている自分が口惜しくなりました。そして同時に、初瀬様は何故、かような役目を私とお涼に言いつけたのかと考えました。

どちらも御年寄様のわがままでしかない。窪田様がこのようにお断りになることを、初瀬様は初めから承知していたのではないか。或《ある》いは、出家をしたいと言いだしたことも、嘘《うそ》かもしれない。高齢でありながらこのお役に居続けるために、女中たちを試しては、役目を果たせぬからと蹴落《けお》としていくことこそが、初瀬様の目的であったのではないか。

そんな疑念が湧き上がると、次第にそれは口惜しさから怒りへと変わっていきました。

「負けるわけにはいかぬ」

その勝負の相手は、既に隣のお涼ではなく、目の前の初瀬様の背中に向けられました。

ここで項垂れたまま終わってしまうのは、あまりにも空《むな》しい。

私は拳《こぶし》を硬く握りしめ、腹に力を込めて、ぐっと胸を張り、前を見据えました。窪田様は変わらずこちらを睨むようにご覧になっています。その視線の先で不敵に笑って見せました。

「窪田様の仰せの通りでございます」

思いの外、声は御広敷に響き、私も驚きましたが、それ以上に隣のお涼も、前の初瀬様も窪田様も、目を見開いて私をご覧になりました。

「正しく、このお願いは御年寄様のわがままです。正直に申し上げれば、かの姫君は、御年寄様の姪御様。並み居る御中﨟様方には及びもつかず、それこそ御年寄様の身贔屓というものでございましょう。どれほど衣を華やかにしたところで、御年寄様御自らの打掛を更に煌《きら》びやかなものにされる以上、霞《かす》んでしまうことでしょう。また、更に側室が増えてしまえば、それこそ、お世話をする女中の数も足りなくなり、大奥は更に膨らむことになります。先ほどのお涼の申し上げたご酒のこととてそうです。御中﨟様をおもてなしなさりたいなら、窪田様のおっしゃる通り、自らの懐を痛められるがよろしいでしょう。此度はいずれも、御年寄様のわがままな願いでございます。ただ、私どものような下々の女中にしてみますと、御年寄様のお願いに否やを申す術もございませぬゆえ、かようにお忙しい中、お運びいただくことと相成りましてございます」

私は一気に言い放ち、頭を下げました。

重い沈黙が下りて参りました。

やってしまった……という実感は、じわじわと私にも襲い掛かって参ります。誰もが身じろぎ一つせぬまま、しばらくの間が過ぎました。

「では御随意に」

落ち着いた冷静な声は、初瀬様のものでした。窪田様は、うむ、と小さく頷くと、そのまま立ち上がりました。窪田様が御広敷を出て行かれる音がしました。それでもまだ、私は顔を上げることができません。

初瀬様が下さった機会をふいにしたばかりか、御年寄様のことをわがままと言い放ち、お涼まで巻き込んで、この場を台無しにしたのです。お叱《しか》りの声が降って来ることを覚悟して、そのまま平身低頭しておりました。

「さて」

初瀬様は、膝を巡らせて、私とお涼の方を向きました。私は頭を下げたまま、初瀬様の膝を見つめておりました。

「いずれの願いも叶わなかったな。今日のところはおやすみなさい。また改めて話しましょう」

初瀬様はさらりと仰せになると、まるで私たちを気にする様子すら見せずに立ち上がり、御広敷を出て行かれました。

私は頭を下げたまま、お涼の方へ向き直ります。

「申し訳ない」

「何を仰せになります」

「大切な好機と言うのに、私は……」

「いえ……、顔を上げて下さいませ」

お涼は私の肩を支えながら、顔を上げさせます。顔を上げると、お涼の目には涙が浮かんでおりました。私は他人の涙を見るのが苦手で、思わず鼻白んでしまいました。

が、お涼は涙を見せながら笑っております。

「何やら、痛快でございました」

「……え」

「私、悔しくて、それでも言い返せない己が情けなくて、涙しておりましたのに……お克様はお強い。お噂通りです」

「噂ですか」

「はい。負けを知らぬ、折れない方だと」

どこの屈強な兵《つわもの》を褒める言葉かと、私も苦笑します。

「それは、恐縮です。しかし……表使としては負けたようです」

「いえ、負けたのは、私です。そしてそれで良かったのです。私にはやはり、無理なお役でした」

「周りからご推挙されたと、うかがいましたよ」

「ええ……確かにそうですが、私としても野心はございましたのよ」

優し気な口調ではありましたが、はっきり言いました。

「表使ともなれば、禄も上がりますから。とはいえ、このお役は殿方と話し合わねばならぬもの。どうも、私の話し方は常々、殿方を苛立たせるものであるようです。父からもよく、話しぶりが回りくどいと、幼い時分は叱られました。しかし出世を望むなら、この表使の役を受けてみるほかないと、自らを鼓舞して参りましたが、ほら……」

お涼は自らの手を伸ばして見せます。それはまだ小刻みに震えているようでした。

「幼心に沁《し》みついたものというのは、そうそう拭《ぬぐ》えるものではありませんね。窪田様は道理を申していらっしゃるというのに、つい、叱られているように思えて、震えてしまったのです」

お涼は自嘲《じちょう》するように笑いました。

「これで諦めがつきます。これからも、呉服の間でのお役に務めて参りたいと思います」

お涼はそう言うと、ゆっくりと立ち上がりました。

「局に戻りましょう。ここに長居は無用です」

私はお涼に差し出された手を取って立ち上がると、共に並んで歩きました。

こんな風に知り合うのでなければ、このお涼という人とは共に務める仲間として、親しくなれたかもしれないと思いました。

「これもご縁ですから、今後ともよしなに」

なるほど、この人が気配りの人と言われる理由が分かった気がします。すると私の中の意地悪が顔を覗《のぞ》かせました。

「お猫様に、刺繡をした前掛けを差し上げたというのに、無駄になりましたね」

「あら、既に御耳に入っておりましたか。あのお猫様の金色の目に、何とも値踏みされているように思えましてね。少し、媚《こ》びを売ってみましたが、それではお役はいただけませんね」

ほほほ、と高らかに笑うお涼を、嫌いではないと思いました。

御膳所から酒と肴《さかな》をもらい、縁に座って一杯嗜《たしな》みながら月を眺める。それは私がこの大奥で覚えた楽しみの一つでございました。

大勢の女があれば、辛党も甘党もおりますが、やはり辛党はやや肩身の狭いもの。また、一人で嗜むことが好きな者も多くございますので、時折、他の女中が同じように長局《ながつぼね》の縁に腰かけて酒を飲む姿を見つけることがございます。

最初のうちは、こんなに己が酒を好きだとは知りませんでした。もしも里にいたのなら、父がさぞかし嫌ったであろう女になったものだと、ふと思うことがあります。

父も私が幼い頃には、縁に腰かけて酒を飲んでいたのを覚えています。母は肴を支度すると、そっと奥へ引っ込む人でしたから、母もまた、今の姿を見れば叱るかもしれません。今となっては二人とも世を去っておりますし、大奥の中にいて、叱られることもないでしょう。

とはいえ、今日の御広敷での一件を思い起こすと、ついつい盃が進んでしまい、気づけば銚子《ちょうし》が一本、空になっておりました。

「全く、何をしているのやら……」

思わず苦笑を漏らしながら、空の月を見上げます。月は十六夜《いざよい》。やや東にあり、長局は寝静まっております。

今日、私は勝負に負けたのだと思いました。そして、いつから私は「負けるわけにはいかぬ」と気負うようになったのだろうと、思いめぐらせておりました。

里にいた頃、私は芳《よし》という名でございました。

当家は代々、槍《やり》奉行のお役を賜っており、お城の槍についての事務を司《つかさど》ります。

「乱世であればいざ知らず、太平の世では、閑職でございましょう」

大奥に入って間もない頃、年かさの姉女中に嫌味半分に言われた時は腹立ちもしましたが、確かに、のんびりしたお役であることは否めません。

とはいえ父は、槍奉行としての誇りを持っており、そのため、武芸にも精進しておりました。

私には四つ上の兄がおりましたが、跡取りとなるこの兄には、武芸と素読を徹底的に叩《たた》きこもうと、傍目にも厳しく躾《しつ》けておりました。しかし、当の兄はどこかぼんやりとした人で、素読の時にも、兄の声よりも父の怒鳴り声の方がよく聞こえてくるほど。

私はというと、母から行儀作法について厳しく躾けられておりましたが、それらもそつなくこなし、よくできた娘と褒められることに慣れておりました。

「兄上は、何故、父上の仰せの通りに覚えてしまわないのでしょう」

私が母に問いますと、母は私の口をそっと塞《ふさ》ぎます。

「兄上は努めておいでです。お芳、そなたも私も、お支えするだけですよ」

母に言われて、そういうものかと思いました。

ある日のこと、勝手口にやって来た八百屋の小僧と女中が、何やら言い合いをしているところに出くわしたことがございました。

「どうしたの」

私がたずねますと、何でも菜っ葉と蕪《かぶ》と大根に、人参《にんじん》をつけたところ、いつもより高いようだと女中が言うのです。一方、八百屋は、そんなことはないと答えます。

私は物覚えだけは良かったので、それぞれの値段を思い出し、暗算しました。

「女中の申す通り、少しお高いですね」

身に覚えがあったらしい八百屋の小僧は、渋々と値を下げました。まだ私とさほど年の変わらぬ小僧が渋い顔をしているのが可哀想《かわいそう》になり、その場で台所の干し柿《がき》を一つ、小僧に渡しました。

「お疲れ様です。次は間違えないように」

すると小僧は、へい、と言って、笑顔を見せて帰って行きました。

女中はそのことをいたく褒めてくれました。

「御姫様《おひいさま》は賢い。野菜の値を覚えていて、しかも暗算して下さったのはもちろん、それを言われて肩を落とした小僧の心を汲《く》んで、干し柿を持たせて差し上げるとは。主の鑑《かがみ》とはこのことでございますよ」

それを聞いた母は、微笑んで私の頭を撫でてくれました。

「それは良かったですね。人の役に立ち、人の心を慮《おもんぱか》れるというのは、大切ですからね」

私は、それがとても嬉しかったのです。

それからというもの、家の中でも己が役に立てることはないか、いつも探しておりました。職人が来ていたらお茶を出す。御客人が来たら、草履を整える。先へ先へと気を回すことを心がけており、それはやがて父の目にも留まりました。

「気が利くのは良い。良き妻、良き母となる上で、要《かなめ》となろう」

父も母も、そうして褒めるので、私は上機嫌でおりました。しかし、その一方で、兄はいつも私を煙たがるようになっていきました。

「兄上に、何をして差し上げればよろしいでしょう」

「そうですね。妹としてお支えして差し上げれば良いと思いますよ」

母は常にそう答えます。兄が困っていたら支えよう。そうしたら兄もまた褒めてくれるかもしれない。それは私の小さな野心でありました。

その日も兄は、父と向き合って素読をしておりました。その声が部屋から漏れてくると、相変わらず同じところで読み誤り、父の怒鳴る声が聞こえてきます。

「母上、兄上と父上にお茶をお持ちしてよろしいですか」

母はそれを許してくれました。二人のためのお茶を持って行き、

「お茶をお持ちしました」

と、襖を開けます。

父は腕組みをしたまま兄を睨んでおり、兄はというと青ざめた顔をして座り込んでいます。父にお茶を差し出し、父がそれを飲み始めるのを見越して兄に膝を進め、お茶を渡しながら小さな声で耳打ちをします。

「しのたまわく、ゆうよ、なんじにこれをしるをおしえんか。これをしるはこれをしるとなし、しらざるはしらずとなす、これしるなり」

子曰、由、誨女知之乎。知之為知之、不知為不知、是知也。

今にして思えば、何とも皮肉な言葉です。己が何も知らないということを、知らずにいたのは、正にあの時の私であったのでしょう。字面すら分からないけれど、音として記憶していたそれを、諳《そら》んじて兄に教えたのです。兄に褒められたいという小さな野心故でした。

すると見る間に目の前の兄の顔が、真っ赤になっていきました。私は、ありがとうという言葉を待っていただけに、兄の反応が分からずに硬直しておりました。

「お芳、今、何を言った」

その声は、父からでした。私は膝を引き、慌てて手をつき頭を下げました。

「いえ……その……」

「今、言ったことを、そのまま申してみよ」

父が何に怒っているのか分からず、しかし命じられたことには従おうと、震えながら顔を上げます。そして再び、

「……し、し……のたまわく、ゆうよ、なんじにこれをしるをおしえんか……これ、これをしるはこれをしるとなし、しらざるはしらずとなす、これしるなり」

繰り返します。

次の瞬間、父は飲みかけていた茶を私に向かって掛けたのです。何が起きたのか分

からず、或いは間違えたのかと思い、ただ茫然《ぼうぜん》としておりました。

「何のまねだ」

その声は、屋敷中に響き渡るほどでした。驚いた母と女中が駆けて来て、頭から茶を被《かぶ》った私と、父の様子を見ると、すぐさま母は父に向かって頭を下げました。

「お芳が何ぞ、御無礼を」

「この娘は、女が何たるかを分かっておらぬ」

私は震えあがりながら、ただ怒る父を凝視しておりました。

母が問うと、仁王立ちした父は私を指さしたのです。

「何を」

「こやつは兄を差し置いて、己の方が素読ができると、その場で暗唱して見せた。こんな小賢《こざか》しい女は、この先、どこに娶《めあわ》せることもできん。しっかり躾をせよ」

そして父は、刀掛にある刀を手に取ると、すらりと抜いて見せさえしました。私は間近に見る刃《やいば》の光に圧倒され、腰を抜かしておりました。父はその刀を高く翳《かざ》します。

「刀を佩《は》く兵《つわもの》である男に勝とうなどと思うのは、女の浅知恵でしかない。心得違いをするな」

私は頷くこともできずにただ、刃を見つめるばかり。目には涙が浮かび、刃も父の顔もやがて歪《ゆが》んでいきました。父は私の様を見て、ふと我に返ったように刃を鞘《さや》に納めると、そのまま刀を手に部屋を出て行きました。

「お芳」

母が駆けより、それに続いて女中もまた、私の頭を手ぬぐいで拭《ふ》いてくれました。兄はその間、微動だにせずにただじっと眺めているばかり。そして口を開くことなく立ち上がると、部屋を出て行ってしまいました。

その背は、どこか悲し気に見えたのです。そうして初めて、私は兄を傷つけてしまったのだと感じました。しかし当時の私は一体、何によって兄を傷つけてしまったのかすら分からずにおりました。

ただ分かっていたのは、己がしでかしたことによって、父の怒りに触れたこと、母が困惑したこと、兄が傷ついたこと。結果、私の心は縮こまってしまったのです。これまで「気が利く」「よくできた」と言われてきた全《すべ》てが、どこからが良くて、どこからが間違いなのか分からなくなりました。次第に家の中でさえ身動きがとれなくなり、ただただ無口に、与えられた稽古《けいこ》だけをするようになりました。

これまでとは様子が違うことは、父も気づいたのでしょう。それが己の叱責のせいであることは半ば知っていながらも、私のその態度に余計に苛立ち、次第に疎《うと》むようになりました。

「お芳、支度をなさい。お兼《かね》様のお屋敷に出かけましょう」

母が誘ってくれたのは、同じ旗本家のお兼という幼馴染《おさななじみ》の姫のところでした。中間《ちゅうげん》と女中を伴い、母と連れだって行くと、お兼様の家では私たちを歓待してくれました。

「ささ、こちらへ」

そう言って招かれたのは、桜の咲き誇る庭でした。緋《ひ》毛氈《もうせん》が敷き詰められ、野点《のだて》の支度が整っておりました。そこにいらしたのは、お兼様の母上ではないご婦人。艶《あで》やかな打掛を羽織ったその方は、御名をお鈴《すず》様とおっしゃいました。

「お鈴様は、お兼様の伯母上に当たられる方で、奥女中をしておいでなのです。里下がりにいらしたのですよ」

お鈴様は、豊かな黒髪を綺麗に結い上げられており、凛《りん》とした風情の方でした。私は奥女中というものを存じ上げなかったのですが、その佇《たたず》まいに見惚《みと》れたのでございます。

「ああ、そなたが、あの……」

お鈴様は私を見るなり、そうおっしゃいました。何のことか分からずにおりますと、母が私の背を押します。

「はい、お伝えしておりました娘でございます」

それから、母とお鈴様はいくつか言葉を交わしておりましたが、やがてお鈴様が私を手招きます。

「女が賢いということは、生き辛《づら》いことでもありますから。そなた、学ぶことは好きか」

そのことで散々叱られておりましたので、俯《うつむ》きがちに首を横に振りました。

「正直に申して良い」

母が後ろで申しましたので、私は恐る恐る顔を上げ、お鈴様に向かって小さく頷きました。

「はい……しかし学ぶことで、人を傷つけることもあるのかもしれないと……」

お鈴様は、ほほほ、と笑われました。

「さもあろう。私もそうであった」

目の前の御方が、私と同じだと言ってくれたことが嬉《うれ》しくて、救われたように思いました。

「大奥では、女が学ぶこと、賢いことは、出世への道を拓《ひら》くことになる。一度、私の部屋方女中として上がってごらんなさい。御目見得《おめみえ》以下のうちは里下がりもできる。

もしも大奥の水が合うようならば、そこで一生を過ごしてもよかろう」

お鈴様の言葉に、母は深々と頭を下げました。

母は、私に奥勤めをする道を作ってくれていたのだと、その時に知りました。

「私も貴女《あなた》と同じように、素読のまねごとをして父に叱られたことがあります。私はそれでも他に道を知りませんでしたから、こうして生きて参りました。そのことに悔いはありません。しかしもし、そなたが奥へ参りたいと望むのなら、その道を支度したい」

母が真《ま》っ直《す》ぐに私のためを考えていてくれたことが嬉しく、思わず涙が零《こぼ》れました。息をすることさえ苦しく思えた家の中で、母だけはずっと私を見守っていてくれたのだと、信じることができたのです。

「母上、私は奥へ上がりたいと存じます」

声を絞るようにそう言いました。

あの時の私は奥というものがどういうところか、しかと分かっていたわけではありません。ただ、私がいることが、父を苛立たせ、兄を傷つけるということが分かり、ここにいてはいけないという思いに駆られたのです。

「行ってごらんなさい。そなたにはできます。男は己の家格より出世を望むことはできませんが、大奥の女の出世は己の才覚次第とか。そなたは賢い良い子だから、いずれは大奥の重役になれますよ」

母は私の不安を汲み取って、そう励まして送り出してくれました。

それから出世への道を歩むことは、私の心の支えとなりました。その一方で私の中には、家の居た堪《たま》れなさから逃げたのだという負い目もありました。それ故《ゆえ》にこそ、負けたくないという思いは強く、いつしか私を支える唯一《ゆいいつ》の軸になっていったように思います。

奥へ入って三年の後、母が身罷《みまか》りました。病床にあった母に最後に会った時のこと。母に喜んでもらおうと、大奥での出世話を語って聞かせました。お仕えしている御《お》中臈《ちゅうろう》様に褒められたこと。上様を遠目に拝見したこと。話している間、母は静かに微笑《ほほえ》んでいました。

「母上、ご心配なく。私は負けませぬ。出世の道を貫くためにも、負けるわけにはいかぬのです」

そういう私に、母は優しい笑顔を浮かべました。そして私の手を両手で包み込みます。

「負けても良いのです。気負わずに生きなさい」

母は、大奥というところを知らぬのだと思いました。気負わずにいれば、すぐに追い落とされる。負けて良いことなど一つもない。私は母の言葉を素直に受け取れず、ただ黙って曖昧《あいまい》に頷くことしかできませんでした。

それが、母との最後の会話になりました。

歳月は流れ、私は相変わらずの勝気さで、祐筆《ゆうひつ》としての地位を確かなものとし、負けることなく邁進《まいしん》して参りました。

「遂に、負けてしまいましたが……」

杯を片手に月を見上げ、誰にともなく、そう呟《つぶや》きます。母が私を見守ってくれているというのなら、その負けの意味をこそ、教えてほしいと思いました。

「お涼様もお克様も、初瀬様の御目がねに適《かな》わず、表使にはなれなかった」

その噂《うわさ》は、翌日には大奥中に知れ渡っておりました。

「この度は、残念でございましたね」

嫌味半分に言って来る女中もおりましたが、それも仕方ありません。これまで勝気に振る舞ってきた私にとっては、なかなかに辛いことでした。

「貴女ならば、向いていると思うていたのですが」

お藤は気遣いながら声を掛けてくれます。

「これが私の器というものです。為《な》すべきことは為した以上、悔いはございませんよ」

それは強がりではなく、私の本音でございました。あのように、御年寄《おとしより》様のわがままをただ表に伝えるだけが、表使の役目なのだとしたら、私のような者にとっては苦行でしかありません。下手をすると、御年寄様に説教をすることにもなりかねませんし、無礼な物言いをして、御広敷《おひろしき》役人から御手打ちになるかもしれません。そう考えると、今ここで表使になれなかったことは、傷が浅くて済んだというもの。

「却《かえ》って、安堵《あんど》しているくらいです」

「それならば良いのですが……」

お美津もはじめのうちこそ私のことを気遣っていたのですが、そのうち、何かを納得したようで、

「言われてみれば、お克様には表使は向かないかもしれませんね。お役人様と侃々《かんかん》諤々《がくがく》するわけには参りませんから」

どうやら私が思い描いていた最悪の場面は、お美津の頭の中にも描かれていたようです。

そんな時、初瀬様からのお呼び出しがありました。

「今更、何でしょう」

お美津は腹立たしげにそう言いました。私としても、この期《ご》に及んで叱られたくもないと思いながらも、礼儀としてはきちんと応《こた》えなければならないと、初瀬様の局《つぼね》へと向かいました。

襖を開けると、相変わらず沈香《じんこう》の香りが部屋の中を漂っておりました。脇息《きょうそく》に凭《もた》れた初瀬様の膝《ひざ》の上には、猫の白雪が蹲《うずくま》っております。襖を開けた私の気配に気づいて目を開けますが、すぐさま閉じてうとうとと眠っております。

「ささ、近う」

初瀬様は優しい声音で私を手招きます。私は膝を進めて初瀬様の前に進み出ました。

「あれから二日、経《た》ちましたね」

「はい、その節は」

「いかがでしたか」

「……は」

いかが、とは、何を問われているのか分からず、思わず聞き返しましたが、初瀬様はただ答えを待つように黙っています。

「はい、その……御無礼をお許し下さいませ」

「何を無礼とお思いか」

「お役に対し奉《たてまつ》り、不服を申しました」

「あれは、不服であったか。なかなか道理にかなっていたと思うたが」

「は」

私は思わず顔を上げて、眉を寄せて初瀬様を見上げました。

「あれで良かったのじゃ」

「……と、おっしゃいますと」

「そなたの言う通り。あれは御年寄様のわがままじゃ。それゆえ、通すことはない。そう窪田様にお伝えすれば良い」

私はすぐには意味が分からずに、そのまま固まっておりました。その様子を見ていた初瀬様は、ふふふ、と、笑われました。

「そなたは以前、表使とは、奥の声を表に届けるお役目と申した。そしてそれは事実、その通りである。しかし、その声について、己で見て、確かめて話さねばならない。そうでなければ、ただ文を渡せばいいだけなのだからな」

「……はい」

「先ほど、お涼とも話をした。お涼は、あのご酒のことを私から命じられたまま、いかにして上手《うま》く伝えるかを考えていたそうじゃ」

「さようでございますか」

「そなたは、私から姪御《めいご》様の衣の話を聞いて、自ら姪御様を見に、御年寄様の局に出向いたとか」

「……はい。御無礼かと存じましたが、そうせねば、御広敷役人様にお話しすることもできませぬゆえ」

「そして、姪御様は上様のお好みでないことを承知していた」

「僭越《せんえつ》ながら」

「それゆえ、これは御年寄様のわがままだと断じることができた」

「……断じる……というほどではありませんが」

「それが、表使の務めじゃ」

初瀬様は、はっきりと強くおっしゃいました。

「表の方々は大奥の中をご存知ない。それゆえ、果たしてそれが要りようか否《いな》かを判じることはできない。表使は大奥の者でありながら、表の目もまた、持たねばならない。その上で、奥の声を伝える」

表使という役目の深さ、面白さを改めて思い知らされるような気がして、私は初瀬様の言葉に聞き入っておりました。

「ただ、伝え方にも、技がある。そなたの言い分は正しかったが、あれではいけない。あれは、伝えるというよりも、投げつけたというところであろうなあ……」

「面目次第もございません」

我ながら御広敷役人を相手に、よくもまあ滔々《とうとう》と、大声で言い放ったものだと顔から火が出そうになりながら、項垂れました。

「おかげで、私はなかなか出家ができそうにない」

「……はい」

「そなたを、育てなければな」

「は」

私は顔を上げ、初瀬様を見ました。初瀬様は悪戯《いたずら》めいた笑みを浮かべて、首を傾《かし》げられました。

「そなた、私の後を継ぎなさい」

「……私が、でございますか」

「さよう」

「しかし……」

「表使になりたくないか」

「いえ、そうではございません。ただ、今しがた初瀬様が仰《おお》せになられたように、私はああして、言い捨てるような口の利《き》き方をし、窪田様のご機嫌を損ね、お役も果たせなかったというのに……」

「何、窪田様には、あらかじめ、不出来な女中を試すのだとお伝えしてあった故、気にするな。あちらももう長いお務めゆえ、此度《こたび》はお付き合いいただいたのじゃ」

「しかし、お涼様は」

「お涼には、そなたを選ぶと伝えてある」

そのような話を言われるとは思ってもいませんでした。しばらく黙ったままで、目を瞬《しばた》き、次いで首を傾げます。

「理由は……」

「先ほど申した通り、そなたはきちんと己の目で見て、確かめることができる。それは表使として肝要ぞ。そして、そこには理が通っておった」

「理、ですか」

「お涼とそなたの違いはそこじゃ」

初瀬様は指を二本、立てられました。

「この大奥で出世する者の中には、大きく二つの型がある。一つは、情け上手。お涼のように、下の者を気遣い、上の者を立てる。情を重んじ、時には共に泣きもする。そうして信頼を集めていく。もう一つは、叱り上手。下の者をしっかり躾け、上の者にも臆《おく》せずに物を言う。理を重んじ、滅多に涙を見せることはない。そなたのようにな」

言われてみれば確かに、周囲を見ても、そうした女中たちが出世しているようにも思われました。

「表使では、金の話をする。その時、情に訴えてもあまり意味はない。むしろ、理に適うか否かこそ、殿方の知りたいことなのじゃ。そなたはそれができる」

「……ありがとうございます」

「お涼の良さは、その口ぶりの柔らかさじゃ。ああした大人しい、優しい話しぶりというのは、殿方からの信頼を得やすい。ただ、あの者は窪田様にお話しをする際にも、やはり情に訴えていた。それでは通じぬ。そなたは理に適うが、口ぶりが厳しい。どちらかを取るとするならば、口ぶりを直すことのほうが、容易《たやす》かろうと判じ、そなたにすることにした」

私は思わず口元を覆《おお》いました。

選ばれたことは嬉しい。しかし、全てにおいて認められたというわけではないのだということも、よく分かります。初瀬様の口ぶりもまた、とても理に適っているように思われました。

「表使の難しさの最たるものは、殿方と渡り合わねばならぬということにある。この大奥の女たちの多くは、十五にも満たぬ折から、女だけの中で育っていよう。それゆえ、とりわけ殿方と話すことが苦手な者も多い。そなたもお涼も、あまり得手ではないことは、よく分かった。大奥での出世ができることと、殿方を御せるかは、まるで別の話ゆえな」

「しかし、御中﨟様方は、上様の御相手をなさっておいでです」

すると初瀬様は、それを一笑に付します。

「女として、上様の御相手を申し上げるのと、お役目のある女中として、お役人と話し合いをするのは、まるで違う。ただ相手を立てて敬えばいいのではない。時には舌《ぜっ》鋒《ぽう》を交えることとてあるのじゃ」

その答えに、長らく表使として務めてきた、初瀬様の矜持《きょうじ》を感じました。

「大奥で出世する上で、情け上手も叱り上手もよろしかろう。されど、殿方との話し合いでは、情け上手は時に弱腰と侮《あなど》られ、叱り上手は言葉使いを誤れば、生意気と誹《そし》られる。殿方の矜持という厄介な代物《しろもの》を、いかにして御していくかこそが、表使としての腕の見せ所じゃ」

殿方の矜持をして「厄介な代物」と称したその言葉に、私は驚きと共に深く頷《うなず》きました。

あの幼い日、素読をして兄を傷つけた。その時の私は、兄の矜持という厄介な代物の扱いを間違え、居場所を追われたのだということを、改めて思い返したのです。

「それは、御すことなどできるものなのですか」

「難しいことはない。まずは話し方を変えること」

「話し方……」

「さよう。厳しいことを言う時は、笑顔で声を低く、口調は柔らかく。相手がこちらの言い分を通してくれた時には、大仰に高い声で誉《ほ》めそやす。その二つを、正しい間合いで出せるようになること。それだけじゃ」

「それだけ……」

それだけ、と言われても、これまで話し方など深く考えたこともなかっただけに、ひどく難しいことに思われます。

「私を見て、学べば良い。それができるようになると、殿方とは何とも可愛《かわい》らしいものに見えてくる」

「……可愛い、ですか」

私の脳裏に、幼い時分に怒った父の顔が浮かび、可愛いという言葉とつなぎ合わせることができずにおりました。

「それでも上手くいかぬ時は、すぐさま謝ってしまうこと。たとえ、己に非がなくともな」

「非がなくとも、ですか」

「さよう」

「それは、それこそ弱腰と侮られませんか」

「あちらは非があると認めると、ともするとお腹《はら》を召すことになりかねぬと、幼い頃から躾けられておる。それが武士の道だと。だから意地でも引かぬ。それゆえ、そこはこれ、このように……」

初瀬様は、ついと脇息を遠ざけると、膝の上の白雪を下ろし、すっと背筋を伸ばして真っ直ぐに前を見ます。白雪は初瀬様の少し手前にしゃんと座っており、初瀬様はそれを相手に見立てて三つ指をつきながら、白雪を見据えます。

「お気に障《さわ》りましたらご容赦を。女の浅知恵と、捨て置き下さいませ」

低い落ち着いた声で言うと、深々と大仰なほどに頭を下げます。それは、決して己の非を認めてはいないが、頭を下げることで相手を引かせる力を持つ、見事な礼でございます。

「三十六計逃げるに如《し》かず。あれこれ策を弄《ろう》したところで、逃げた方が良いこともある。負けるが勝ちとはこのことぞ。それができぬ殿方は、既にその時点で、我らよりも不利なのじゃ。なかなか生き辛い。あの方たちのためにも見事な負けを見せて差し上げることで、矛を収める大義を与えてこその、女ぶりというもの」

兵法を持ちだして女ぶりを語られるとは思いもせず、私は思わず吹き出してしまいました。

「何か可笑《おか》しいか」

「いえ……」

そう言って首を振りながら、私は自嘲するように笑いました。

「私は大奥に上がってからずっと、負けるわけにはいかぬと、念じてここまで生きて参りました。まさか、兵《つわもの》の道をして女ぶりを語られるとは……」

幼い日、父に白刃《はくじん》を見せつけられ、刀を佩く者をこそ兵と言うと教えられたことを思い出しました。

「何を申すか。兵とは何か。この太平の世にあって、刀を佩いて戦をする者だけを指すのではない。天下のためにお役に邁進するものは皆、兵じゃ。それには男も女もあるまい。そして、女の兵としての道は、逃げるに如かずの一言に尽きる。それが長の大奥務めで私が得た賢さというものじゃ」

初瀬様の顔はどこか誇らしく、晴れやかに見えました。

「若い時分から、こうして負けを認めていたとしたら、或《ある》いは私とてここまで長く、大奥には居《お》るまい。役を持ち、誇りを持ち、ここまで来たからこそ、こうして頭を下げることもできるというもの」

そして初瀬様は膝を進めて、私の手を取りました。

「ここまで歩んで来たことを誇りに思われよ。その誇りある女がするからこそ、この礼には意味がある。それゆえにこの負けは勝ちなのじゃ」

ふと、母の最後の言葉を思い出しました。

「負けても良いのです。気負わずに生きなさい」

それは、そのままの私を誇りに思えと、そういう意味であったのだろうかと、そう思えたのでございます。

「ああ、そうそう、一つだけ」

初瀬様は私の手を軽く叩きます。

「策だとか、勝ち負けだとか、色々申したが、心得違いをしてはならぬぞ。御広敷役人は我らの敵ではない。我らは奥の声を背負う。お役人様は表の声を背負う。互いに相反することもあろうが、共に上様を支え、ひいては天下を支える。その大義を忘れて、目先のことに囚《とら》われていては、お役は務まらぬ。互いに、助け合い、信じることも肝要じゃ。さすれば、男やら女やら、そういう窮屈な垣根を越えて、友となることもできる」

その言葉は力強く、初瀬様の心底から響いて聞こえました。そして、この人はこのお役を楽しんでおられると分かりました。

それから一年。

私は初瀬様の下で表使としてのお役を果たすことを学びました。初瀬様は、時に強く、時に優しく、笑顔を交えながらも言葉を巧みに操り、奥と表を繋《つな》いでいらっしゃる。その姿を見ながら、私はかつて、どうしてこの人を、年の功だけで役にある人だなどと侮っていたのかと思うほどでした。

「それもまた策のうち。私を侮る者は、本音を隠せなくなる。初めて会った折のそなたのようにな」

「さような無礼をいたしましたか」

私は知らぬふりをしましたが、それが無駄なことも存じておりました。初瀬様は悪戯めいた目で私をご覧になられてから、言葉を接《つ》がれました。

「敬う心を持てば、男であろうと女であろうと丁寧に相手と向き合う。だからこそ手《て》強《ごわ》い。私に金子を融通されなかったわがままな御中﨟辺りにしてみれば、私を諸悪の根源と思うのであろう。だからこそ、侮りもし、悪い噂を撒《ま》いて歩く。それらは恐るに足りぬ。憎まれるのも表使の宿命と思うて、信頼してくれる者のみ大切にすれば良い」

初瀬様はいつも堂々と振る舞っておられました。

遂《つい》に初瀬様が御出家をされることになると、大奥はもちろんのこと、表の役人の方々からも、お文や贈り物が山のように届きます。その一つ一つを見ながら、初瀬様は嬉しそうに目を細めておられました。

「ああ……お若い頃は頼りなかったあのお役人は、今では勘定奉行におなりだと。私が育てて差し上げたようなものじゃ。おや、こちらの方は、私よりも先んじて御出家されているとなあ。遅れをとってしまった」

初瀬様の言う通り、男と女の垣根を越えて、お役によって結びついた縁が、友としてつながっているように思えました。

お寺にお出ましになるその日、初瀬様は多くの方々からのお見送りを長局まででお断りになり、ただ一人、私を伴って下さいました。

初瀬様の腕には、猫の白雪が抱かれております。

「遂にそなたには懐《なつ》かなかったな」

初瀬様は苦笑交じりにそうおっしゃいます。

「懐いたのならば、この大奥に置いていこうかと思ったが、これももう十歳。寺に共に連れて参ることとしよう」

初瀬様は、小さな白い頭を撫《な》でます。白雪は初瀬様の肩に頭を預け、眠っているように見えました。しかし、薄く目を開けると、相変わらずの金色の目で私をじろりと見るのです。

「初瀬様に置いて行かれぬよう、私を毛嫌いしているのではありませんか」

「ふふ……そうかもしれぬ。浮世の縁を引きずっていくことになるのう」

そう言いつつも、白雪を連れていくことが嬉しそうに見えました。

それからは言葉も少なく、ただしみじみと長い廊下を並んで歩いて参ります。そして、お錠口《じょうぐち》が見える廊下まで参りますと、初瀬様はゆっくりと私をご覧になりました。

「ここで結構。後は頼みましたよ、これからは、そなたが初瀬じゃ」

「しかと、承りましてございます。寂しくなりますが……」

「いずれ、蓮《はちす》の台《うてな》とやらで会おうぞ」

それはどこか芝居がかって見えるほどでしたが、今生の別れのように思われて、私は涙ぐみそうになりました。が、ふと見た初瀬様の目の奥に企《たく》みに似た光を見つけ、涙が止まります。すると初瀬様は口の端に笑みを浮かべられました。

「私は俗世から逃げるが、これもまた策。そなたはもう、一生、私には勝てぬ」

私は呆《あき》れて目を見張り、次いで笑いました。

「貴女様は、実は私も敵《かな》わぬほどの負けず嫌いでいらっしゃいますね」

「おや、知らなんだか」

「いえ、とうに存じていたようにも思います」

すると初瀬様は、深く頷かれ、私に向かって微笑まれると、そのまま踵《きびす》を返されました。

ゆっくりとお錠口へと続く廊下を歩いて行かれる初瀬様の背には、凜々《りり》しい兵のような、見事な女ぶりが窺《うかが》えました。それを見送りながら、なかなかどうして、この人には敵わないと思ったのでございます。

ちょぼくれの女

祭りで奉納舞を舞ったのは、十年ほども前のことでしたか、記憶は定かではありませんが、祭りの見物客から、「天下一」という掛け声をいただいたのを、はっきりと覚えております。晴れ舞台とは正にあのこと。美しい衣装に身を包み、師匠の見守る中で舞い終えた時には、清々《すがすが》しい心地と、天にも昇る思いがしたものでございます。

それから時は経《た》ち、私は二十四を迎えておりました。天保《てんぽう》三年の秋、小石川で町人の女房として暮らす私の元に、大奥からの御遣いが参られました。

「町人、安五郎《やすごろう》が妻、三津江《みつえ》。これよりお城に上がり、御狂言師として御殿女中に舞の指南をせよ」

何と光栄なこと。否《いな》やがあるはずはございません。

私は箸《はし》より先に舞扇を持っていたほど、幼い頃から舞を舞っておりました。天下一の舞の名手と言われた役者、三代目坂東三津五郎《ばんどうみつごろう》門下の女弟子でございました。

これまでにも、師匠からのご推挙で藩の奥方様や、御姫様方をはじめ、裕福な商家のお嬢さんや、大奥に入る前の旗本の姫君などにも、舞をお教えしております。

「女師匠ならば、坂東三津江が一番」

そう巷《ちまた》で言われていると、聞き及んでおります。

女師匠の極みと言われるのは、やはり千代田の大奥にて舞を指南する御狂言師でございましょう。それゆえにこそ、密《ひそ》かに目指していた高みであったのです。

初めて間近で目にした千代田のお城は、これまで伺った藩邸とは比べるべくもありません。畳の敷かれた廊下を歩くと、奥へ進むほどにどこからともなく良い香りが漂ってきて、こんなところで、暮らしていらっしゃる女人がいるものかと、思いました。

はじめに通された小さな部屋の欄間には美しい花が彫り込まれていて、襖《ふすま》の絵も見事な花鳥図。まさに眼福とはこのこと……などと思っていると、不意に、

「参られました」

と、廊下から声がしました。慌《あわ》ててひれ伏しますと、襖が開き、御女中が一人、入って参られました。焚《た》き染《し》められた香の甘い香りが部屋の中を漂い、私は手元の畳の目を見つめたまま、緊張して固まっておりました。

「お待たせいたしました」

柔らかい声がして、赤い着物の裾《すそ》が私の目の前で翻《ひるがえ》り、御女中が上座に腰を下ろす気配がしました。

「そなたが、坂東三津江殿」

「は、舞の折には、そう名乗っております。町人安五郎が妻、三津江と申します」

「私はお正《まさ》と申します。御三《おさん》の間《ま》というお役にあります。お師匠様、どうぞ、面をお上げ下さい」

奥女中というと、もっと居丈高なものかと思っていたのですが、それはそれは優しい声音でございます。その方から、お師匠様と呼ばれ、私は胸を高鳴らせます。

大奥といえば、数多《あまた》の女が天下人たる上様の寵《ちょう》を争う所。芝居では、毒を盛ったり盛られたり、嫉妬《しっと》の炎を燃やし、絢爛《けんらん》豪華な絵巻物が広がる場でございましょう。その只中《ただなか》で、舞を披露するという御女中がいらっしゃると思うと、擡《もた》げる首は一層、重く感じられます。

ゆっくりと顔を上げると、赤い着物に施された豪奢《ごうしゃ》な刺繡《ししゅう》が目に入ります。そして白い小さな手。帯も金糸が施され、白い襟元からは白い首が伸びています。

「え」

私は思わず、声を上げてしまいました。

目の前にいらしたのは、絶世の美女……ではなく、何と申しますか……さながら家に飾ってありました、おかめ人形のようなかんばせでございます。低い鼻に小さくつ

ぶらな目。紅をさした口元はおちょぼ口。私は思わず目を瞬《またた》き、それから慌てて何か言わねばと思うのですが、

「あ」

と言ったきり、次の言葉が出ません。

申し訳ございませんと言ったなら、何をと問われてしまうでしょう。よもや、お顔に驚いたなどとは言えるものではありません。とはいえ、次の言葉も思い浮かばず、ただ無言のままお正様と向き合う奇妙な間ができてしまいました。

すると、目の前のお正様は、ふふふ、と笑いました。

「どこかで見た顔だと、よく言われます」

「は……はい、その、恐れながら、我が家にあります人形によく似ておられて、愛らしく、驚きました」

私はやっとのことで口にして、再び頭を下げました。そして額から、滝のように汗が噴き出します。

「まあ、愛らしいとは嬉《うれ》しいこと」

お正様は、素直に喜びの声を上げて下さり、私は一つ息をつくことができました。

再び顔を上げますが、動揺を隠そうと、お正様の方を見ることができません。

「お師匠様はお幾つでいらっしゃいますか」

「は、二十四になります」

「あら、私は今年で二十三です。御年が近い方で良かった」

明るい声でおっしゃり、人懐《ひとなつ》こく笑う姿を見ると、ほっと肩の力が抜けました。

「お師匠様は、御三の間について、ご存知ですか」

お正様に問われ、私は恐る恐る、首を横に振りました。

「いえ……大奥に参りますのは初めてでございます故《ゆえ》……」

「さようですか。私たち御三の間の女中は、いわば、大奥の御年寄《おとしより》様、御中﨟《おちゅうろう》様たちの雑事を請け負うのがお役目です。ただ、行事によっては、芸をご披露するのもお役目の一つ」

「芸……でございますか」

「御次《おつぎ》というお役がございましてね。そちらの方々には、それこそ熟練の芸達者がおいでになります。御目見得《おめみえ》以上のその方たちは、一生をこの大奥に捧《ささ》げておられるのですが……如何《いかん》せん、やや古い芸の方も多くおいでなのです」

「は……あ……」

私も、御次の方のことは聞き及んでおります。

さる大藩の奥方様が大奥をお訪ねの折、芸達者の御次の御女中が、舞を披露されたとのこと。されどそれが、大変に長い謡曲で、途中で眠くなるのを耐えるのが苦痛であったとか。

「そこで、私たち御三の間は、今の芸を取り入れたいというのが、かねてからの願いでございましてね」

私は黙って頷《うなず》いております。

「年明けて、二月の初午《はつうま》には、御台《みだい》様をはじめ、大勢の女人が集まる宴《うたげ》がございます。そこでは、御次の御女中の芸のほかに、私たち御三の間からも、数人が芸を披露することになっております。その際に、折角ですので、新しいものを御台様にもお目にかけたいと存じまして」

はしゃぐように話すその様は、まるで町の娘のようで、聞いている私も次第に胸が湧《わ》きたちました。

「畏《かしこ》まりましてございます。して、どのような舞にいたしましょう」

するとお正様は、うん、と頷かれてから、首を傾《かし》げられました。

「先に、代参に行った御女中の一人が、六歌仙《ろっかせん》とやらを見たと申すのです」

「はい、中村座で披露されました、『六歌仙容彩《うたあわせすがたのいろどり》』でございますね」

「たいそう、話題であったとか」

「さようでございます」

昨年の春、中村座で二代目中村芝翫《しかん》が披露した「六歌仙容彩」は、小野小町《おののこまち》を除いた遍照《へんじょう》、文屋康秀《ふんやのやすひで》、在原業平《ありわらのなりひら》、喜撰《きせん》、大友黒主《おおとものくろぬし》の五人を一人で早変わりで演じるというもので、たいそうな人気がございました。特に、在原業平は美丈夫として演じる一方、文屋康秀や喜撰は滑稽《こっけい》に演じて見せ、その変わり身に大喝采《だいかっさい》を浴びていたのを、私も目にしておりました。

「その、喜撰をやってはどうかと言われておりましてね」

「……喜撰……でございますか」

私は思わず問い返し、そしてお正様の顔を凝視してしまいました。

喜撰は、法師でございます。しかも、白塗りにおちょぼ口、坊主頭《ぼうずあたま》のかつらをかぶり、白い僧衣に黒の腰衣《こしごろも》、桜の枝を肩に背負って登場します。そして、美しい茶汲《ちゃく》み女に一目ぼれして、それを口説くために舞い踊るというもの。これを芝翫が演じた時には、客席からは笑い声と大向こうからの声が止《や》まなかったのです。

しかし、その滑稽な役をこのお正様に演じるように言ったというのは、どこの意地悪な御女中でしょう。仮にも奥女中に、そのような舞をさせて良いものか……私は言葉を選ぼうとして、口を開いては閉じ、閉じては開きます。

するとお正様は、ああ、と何かに気づいたように笑われました。

「滑稽なお役だというのは、重々、存じておりますよ。私はほら、この通りでございましょう」

お正様は両手で自らの顔を挟んで見せます。

「ですから、美しい御女中方とは一味違うのが見せどころなのです。昨年は、『棒しばり』で次郎冠者《じろうかじゃ》を演じ、御台様からお褒めの言葉を頂戴《ちょうだい》しております」

「さようでございますか……」

私は、安堵《あんど》するやら、戸惑うやら。そのような御方が奥女中にいらっしゃるとは思っていなかったので、少々、面食らっておりました。

「しかしその……喜撰でございますと、一人では舞えません」

喜撰は、茶汲み女のお梶《かじ》を口説くとともに、終盤には、大勢の所化《しょけ》が登場して全員で住吉《すみよし》踊りを踊ります。

「無論、あのお舞台を全《すべ》て再現するのは難しいと存じますが、二人で、できるだけ皆様にお楽しみいただけるようにしたいのです」

お正様の言葉に、少し胸を撫《な》でおろします。一人でもこれほど緊張するのに、更に人数が増えますと、流石《さすが》にお教えするのも難しくなります。

「となりますと、もうお一方は……」

「はい。一緒に参るはずでしたが、先ほど、御中﨟様から御用を言いつけられてしまいまして。間もなく参ると思いますが……」

すると、その言葉と時を同じくして、衣擦《きぬず》れの音が聞こえて参りました。

「失礼を」

その声と共に、襖が開きました。私は再び頭を下げて御女中が上座につかれるのを待ちます。すると、今度は淡い青の美しい裾が翻り、その人が座りました。

「お正様、お待たせをいたしまして。お師匠様も、申し訳ございません」

優しい言葉は、微《かす》かに掠《かす》れるような甘い声音で響きます。しかし、先ほどのように妙な声を上げるわけにはいきません。これ以上、余計なことを考えず、

「面をお上げ下さい」

と言われた時には、すっと頭を上げたのです。

「あ」

ですが再び、頓狂《とんきょう》な声を上げてしまいました。

白い顔に、黒目勝ちの大きな目、すっと通った鼻筋、頬は微かに色づいて、小さな

口は品が良い。まるでひな人形……いえ、それよりも遥《はる》かに美しい。お伽噺《とぎばなし》の姫君とはこのようなものかと思われるほどの美女でございます。

何と美しい……と、言ったのならば、隣のお正様に失礼に当たらぬかと思い、その声を飲み込みます。

「美しいでしょう」

そう言ったのは、お正様でした。

「はい」

ただ力なく頷く他、術《すべ》がございません。

「お美乃《みの》様と言うのです。今年で十九におなりなのですよ」

お美乃様は、静かに頭を下げられます。

「お美乃と申します。何卒《なにとぞ》、ご指南いただきますよう」

「は、こちらこそ、よしなに」

私は何と答えていいか分からず、ただそう申し上げて頭を下げました。

「私も、お美乃様も、これまでにも舞は一通り、心得てございます。お美乃様は、昨年は謡曲の羽衣《はごろも》を舞われたのです」

「さようでございますか」

お美乃様は、はい、と頷きます。この美女が舞う「羽衣」であれば、さぞや美しい天人であったことでしょう。お美乃様は微笑《ほほえ》みながら私をご覧になります。

「以前、代参の折に芝居小屋に足を運びまして、先代の三津五郎丈の『道成寺《どうじょうじ》』を拝見しました。とても美しく、心に残っております」

お美乃様は、胸に手を当てて目を閉じます。その様すら、うっとりと見惚《みと》れてしまうほどに美しいのです。この御方は、舞わずして立っているだけで、舞っているように見えるのではないかと思うほどでした。

「そこで、此度《こたび》なのですが……」

お正様は、私とお美乃様を交互にご覧になって、ふと首を傾げられました。

「私が法師で、お美乃様が茶汲み女と、皆が思うのを逆手に取り、お美乃様が法師で私が茶汲み女というのも面白いかもしれないと思うのです」

「え」

私は思わず声を上げました。お美乃様は既にそれを心得ていたようで、お正様の言葉に深く同意するように頷きます。

「は……あ……」

私が困惑しながら、言葉を失《な》くしていますと、お正様は笑いながら言葉を継ぎます。

「よしなに、お願い申し上げますね」

一人はおかめ人形のよう、一人はひな人形のよう……お二人ともに、人の目を引く方々ですが、そのお二人に揃《そろ》って頭を下げられ、私も慌てて頭を下げました。流石は天下の大奥。人も多彩でございます。しかしこれこそが私のお役目。このお二人に見事に舞っていただこうと覚悟を決めて、私の御狂言師としてのお役目は、始まったのでございます。

私が住まいしておりますのは、小石川伝通院《でんづういん》の近くでございます。主夫、安五郎は家持でしたので、家の表では、反物の商いを営んでおりましたが、主には、近くの武家屋敷やお寺からの御用を請け負っておりました。盆暮れこそ忙しいものの、日ごろはのんびりとしたものでございます。また、神田の辺りに貸家もあったので、暮らし向きには事欠くことがありません。町人の女房としては、恵まれておりました。

初めて大奥に上がった帰りは、大奥からお駕籠《かご》を用意していただいたので、なかなか大仰な帰宅となりました。

「まあまあ、お師匠様はさすがですね」

姑《しゅうとめ》は、大奥からのお駕籠ということで、慇懃《いんぎん》なほどに頭を下げて出迎えてくれましたが、私としては何とも居心地の悪いものでございます。

お駕籠が帰り、家に一歩踏み入れますと、姑は聞こえよがしにため息をつきます。

「お早いお帰りだこと……」

その言葉には、やや棘《とげ》があるように思われました。夫の安五郎はというと、奥から慌てて出てきて、満面の笑みを浮かべました。

「おお、三津江、帰ったかい。大奥はどうだった」

「遅くなって申し訳ありません」

私は、夫と姑に頭を下げます。安五郎は、

「構うものかい。それがお前さんのお役目なんだから」

と言い、それを聞いた姑は、少し拗《す》ねたような顔をして奥へ入っていきます。その姑の背を見送りながら、何とも言えぬ思いがさざ波を起こすのです。

私がこの家に嫁いだのは、十七の年のこと。縁談を持って来たのは、師匠、三津五郎でした。しかしその頃の私は、ともかくも舞うことが楽しくて仕方なかったので、嫁入りを渋りました。

「このまま、芸に身を捧げて参りたいと存じます」

しかしその言葉に、師匠は険しい顔をされます。

「いやいや、芸は嫁いだとてできるものさ。先方は、先だっての祭りで、お前さんの奉納舞を見て惚《ほ》れ込んだそうだ。天女もかくやと思ったそうだよ」

私は、嬉しいやら恥ずかしいやらで、目を見開いたまま固まっておりました。

「私もね、三津江は天下一の女弟子ですから、その才を潰《つぶ》すようなことをしたら恨みますと言ったのさ。そうしたら安五郎という男は、それこそ天下の損失だから、踊りは是が非でも続けさせますとさ」

師匠は、うん、と納得したように深く頷きました。

「あちらは町人とはいえ、家持で食うには困るまい。その上、稽古《けいこ》を続けることはもちろん、師匠としてのお前さんを支えるとまで言っている。もしもその約束を違《たが》えたら離縁できるように、三行半《みくだりはん》もつけるとさ」

師匠に言われて、私も心が動きました。

「ものは試しに嫁いでごらん。嫌なら、すぐに戻ればいい」

父母も乗り気であったので、そのまますするりと縁談は進みました。

いざ、嫁いでみると、安五郎は実に純朴で優しい男でした。暮らし向きにゆとりがあるせいか、江戸っ子らしからぬおっとりとした気質で、争うこともせず、私を慈《いつく》しんでくれます。師匠の元に足を運ぶことも、一度として咎《とが》めたことはありません。藩邸などからお召しがある折には、背を押してくれました。舅《しゅうと》や姑も、三津五郎お墨付きの女師匠を嫁にしたのは誇らしかったようで、むしろ近所にまで吹聴《ふいちょう》するほどだったのです。

しかし、昨年、舅が世を去りますと、風向きが変わって参りました。

「お前さん、跡取りをどうするつもりだい」

葬儀が終わった後、姑がそう安五郎に問う声が聞こえてきました。

私が嫁いで六年の歳月が経っても、子宝に恵まれません。そのことを気に病んだこともあったのですが、安五郎はそれを笑い飛ばしてくれました。

「それればっかりは、天の授かりものだからね。気にしなさんな。そんなことより、お前さんは稀代《きだい》の女師匠として天下一なのだから、それでいいんだよ」

その言葉が、どれほど嬉しかったことか。夫にとって誇れる女房でいたいと思ったものです。

しかし、夫は一人息子でしたから、姑が跡取りを切望しているのも重々承知していました。

「お前さえ良ければ、妾《めかけ》を囲うくらいの用意はあるよ。探してもらおうか」

姑のその声に、私は思わず立ち竦《すく》んでしまいました。でも、安五郎はきっと、怒ってくれる。そう思って聞き耳を立てていました。しかし、安五郎は、

「俺も考えているから」

と淡々と応《こた》えました。

その時の胸の内をどう言い表したらいいのでしょう。口惜しさと悲しさが綯交《ないま》ぜになり、目の前が真っ暗になるような心地を覚え、ふらふらとその場を立ち去るほか、為《な》す術はありませんでした。

それでも、踊りは私を裏切らない。そう信じて、師匠、坂東三津五郎の元に通い、稽古を続けていました。

「相変わらず、上手《うま》いなあ」

師匠の前で「道成寺」を披露すると、師匠は褒めて下さいました。その頃は既に、体の調子を崩されていたのですが、目は爛々《らんらん》と輝いていて生気を感じさせました。しかし、その師匠がふと首を傾げて、

「上手いことは上手いんだが……」

と、言葉を濁されたのです。私は不安になり、師匠に詰め寄りました。

「何なりとおっしゃって下さい」

「うん……」

そして師匠は、私の目をじっと見つめられたのです。

「お前さん、楽しいかい」

私は、

「え」

と言ったきり、言葉を失ってしまいました。

「手の動き、足の捌《さば》き、それはそれは見事なものだ。お前さんが稽古を積んで、芸に精進していることがよく分かる。綺麗《きれい》だよ。だがね、目利《めき》きはその先を見るのさ。お前さんの魂をね」

「魂……でございますか」

「そうさ。お前さんの踊りは、見ているこちらが楽しむためのものじゃない。まるで刃《やいば》を向けられているような気になっちまう。何をそんなに、躍起になっておいでなのかい」

私は言葉に詰まり、師匠をじっと見ておりました。すると師匠は、その私を和ませるように笑います。

「もっと楽しく踊りなさい。元々、お前さんは小さい時分から楽しく舞うのが上手だった。見ているこちらも幸せになった。そういう踊りを見せておくれ」

師匠は、的を射ていました。私の心は、あの葬儀の後の話を聞いてからというもの、夫と姑、そして己に向かって刃を向けて、暴れていたのです。

夫の心と共に、踊りさえも失おうとしている。その焦《あせ》りから、私は尚《なお》も必死に稽古を積みます。しかし焦れば焦るほどに、自信を無くしていきました。

そんな迷いに囚《とら》われている最中《さなか》、師匠である三代目坂東三津五郎が世を去りました。ご葬儀に伺っても、まるで雲を踏んでいるように心もとなく、大きな支えを失い、しばらくは立ち上がることもできませんでした。

「お前さんも辛《つら》かったね。三津五郎丈はいい役者だった。お前さんとの縁を繫《つな》いでくれた恩人でもある。俺も悲しいよ」

安五郎は慰めてくれていましたが、その言葉はまるで心に響きませんでした。

三年経って子が授からねば、石女《うまずめ》と呼ばれることも、また石女は離縁されても文句も言えぬのが習いとも、聞き及んではいます。安五郎はそういう人ではないと、勝手に思い込んでいた己が情けなく思われました。

芸だけに精進していれば、こんな風に心を乱されることもなく、師匠の元で看病をし、悲しいけれどきちんと見送ることができただろうに。そう思うほどに悲しみは募るばかり。

その悲しみは、御狂言師という晴れやかな御役を務めてもなお、癒《い》えるものではありません。

大奥での初仕事を終えて寝所に入った私は、枕辺《まくらべ》にある鏡台の前に座ります。すると、そこにはさながら般若《はんにゃ》のような怖い顔の女が映ります。私は驚いて、掌《てのひら》で顔を覆《おお》い、鏡掛けを掛けました。

「刃を向けられているようだ」

師匠に最後に言われた言葉が胸を刺します。

「これじゃあ、いけない」

私は自らに言い聞かせるようにそう呟《つぶや》きます。

すると部屋の襖がすらりと開いて、安五郎が入ってきました。

「大奥のお勤めはどうだった。さぞや華やかな所なんだろうね」

安五郎は機嫌よく問いかけます。かってであれば色々と話をしたのでしょうが、今はそんなことを話す心地になれません。口を開けば、詰《なじ》ってしまいそうだからです。

「天下一の女師匠などとのたまいながら、その実、お前さんにとって私は、出来損ないの女房だと言いたいんだろう」

そう怒鳴ってしまったら、全てを失うのでしょう。それが分かるからこそ、口を噤《つぐ》むのです。

「すみません。大奥の中のことは、他言無用ときつく言われているものですから」

ようやっと口を開いて言えたのは、その一言でした。

「そうか、すまなかったね」

安五郎は苦笑して布団《ふとん》を被《かぶ》ります。

これまでだって、藩の奥の話なども散々して参りました。しかし、この際「他言無用」は、重宝なもの。

今はお役目だけが私の支えでございました。

「六歌仙容彩」は、昨年初めて披露されたばかり。人気を博した新作の舞を、直弟子でもない者に教えてくれとはなかなか言えるものではありません。まして、芝翫の師匠である三代目中村歌右衛門《うたえもん》と、私の師匠、三代目坂東三津五郎は、その人気も舞も競い合ってきた間柄でもあります。

もしもこれで断られたら、御狂言師としてのお役目もこれでお終《しま》い。それはそれでいっそ気が楽になれるかもしれない……などと思い悩んでおりましたが、芝翫からは、すんなりと快諾の御返事をいただきました。

芝翫は今年で三十五の男盛り。訪れた私を前にして、ゆったりと煙管《きせる》をふかします。

「なあに、うちの師匠もこれまで三津五郎の旦那《だんな》のことを目の敵にしたようなことを言いもしたが、それはほら、それだけ旦那の芸を買っていたからですよ。その旦那が認めた女弟子に、私が教えるというのはいっそ小気味がいいってね」

「……よろしいのでございますか」

「ましてや、大奥の御用を断ったとあっては、こちとら首も飛びましょう」

と明るい口調で自らの首に手刀を当てて見せました。私はその笑顔に、ほっと胸を撫でおろします。

「それにしても、よりにもよって喜撰とは、洒落《しゃれ》の分かる人がいたもんだ。嬉しいねえ……さぞやお美しい御女中方が、舞って下さるんだろうなあ」

私は一瞬、う、と言葉に詰まりましたが、すぐに口の端を上げて愛想のいい笑顔を作ってみせます。

「ええそれはもう……天女もかくやという御女中で」

私は咄嗟《とっさ》に、お美乃様のことだけを言ってお正様のことを隠してしまい、何やらうしろめたさを感じもしました。

喜撰法師の動きのむずかしさは、上半身は男の動きで大きく、しかし下半身は女の動きで足を捌きます。すると何とも滑稽にも思われながら、それでいて調和のとれた動きになるのです。

「その実、綺麗な御姫様や、立派な武者を演じる方がよほど楽ってこともある。滑稽な踊りというのはね、型が美しく決まらなけりゃあ、ただの奇妙な動きにしかならねえ」

芝翫の言う通り、はじめのうち、私もこの動きの調和が取れず、足につられて手の動きが小さくなったり、手につられて足を大きく踏み出したりと、なかなか苦戦をしました。しかもその間に、表情もまた、茶汲み女に迫る顔を作らねばなりません。

一月ほど、稽古をつけてもらうと、すっかり型は舞えるようになりました。

「流石は、三津五郎丈の愛弟子《まな》と言われた三津江さんだけのことはある」

芝翫も、褒めて下さいます。

「ただ……」

「何なりと、おっしゃって下さい」

「お前さんの舞では、どうにも笑えねえ」

その瞬間、私の脳裏に師匠の言葉が過《よぎ》りました。

「目利きは魂を見る」

この芝翫も、流石は当代一と言われる役者です。私の中にある欠けに気づかれてしまったのでしょう。

「これは型だけできればいいってもんじゃねえんだよな……分かるかい」

「……はい」

美しい舞よりも、滑稽な方が、見せるのは難しい。それは私も心得ていたはずでした。

「俺は、先代の三津五郎丈のところに稽古に出かけたこともある。お前さんの踊りも見たよ。たいそう、良かった。あれが舞える人ならば、教える甲斐《かい》があるってもんだと思ったのさ」

「喜撰を舞うには、私には足りぬものがあるのでしょうか」

「そんな怖い顔をしなさんな。生真面目《きまじめ》は結構だが、踊りは遊び心がなくちゃいけねえ」

己がどんな顔をしているのか気づかされ、慌てて手で顔を覆います。

「まあ……踊っているうちに、分かることもある。言われただけで分かるような話でもないからな」

芝翫はすっと立ち上がり、私の前に座ります。

「いいかい。大奥に行ったら、この芝翫に教わった以上、下手をしてもらってはいけない。誰の為《ため》にも舞いたくないなら、この芝翫が腹を抱えて笑う様を思い浮かべて、舞っておくれよ」

そして、満面の笑みを浮かべて見せました。さすが、当代一の男ぶりで鳴らした人気役者。間近で笑顔を見ると、その美丈夫ぶりと迫力に、思わず身を引くほどでした。慌てる私を見て、芝翫は、ははは、と愉快そうに笑います。

「それにしても羨《うらや》ましいなあ。俺も大奥に入って、天女のような美女に、手取り足取り、舞を指南したいものだよ」

煩悩《ぼんのう》だらけの独白をする芝翫の端正な顔を見ながら、私も笑いがこみ上げてしまいます。

「此度の舞手はお二人で、お一人は正に、天女のような御女中。そしてお一人は、さながら……おかめ人形のような御女中なのです」

「……おかめ」

「そして、おかめ人形の方が、茶汲みの美女をなさるのです」

しばらくの沈黙の後、芝翫は再び、大声を上げて笑います。

「そいつはなかなか、中村座に掛けても、大入り間違いなしだな」

私も芝翫と声を合わせて笑いました。

今は、余計なことは全て忘れて、この芝翫に恥をかかせることのないよう、務めに精進するほかない。そう覚悟を決めました。

そして、再び登城の日がやって来たのでございます。

〽ヤレヤレヤレヤレ　細かにちょぼくれ
大奥の一室に、陽気な三味線と清元《きよもと》が響きます。

清元の師匠もまた大奥に呼ばれ、三味線や唄《うた》が得意な御女中方にお稽古をつけております が、そちらはそちらで悩みが尽きぬご様子。

「詞章の品が……色々と問題がおありだとか……」

何せ、法師が茶汲み女を口説くというものですから、中には下世話な台詞《せりふ》もございます。

「これを御台様のお耳に入れるわけにはいかぬ」

そこで、清元のお師匠と奥女中とで、知恵を絞って色々と言葉を書き換えることに。

それならば、もう少し演目を選べばいいとは申せ、それでも流行《はや》りは見てみたいと言う奥女中の方々の好奇心は抑えられぬようでございます。

その三味線の音を聞きながら、こちらはこちらで稽古を始めます。

お二人共に、流石は大奥の御女中、いずれも筋が良く、動きが美しいのです。

お美乃様は、幼い頃より踊りを習っておられたそうで、お教えするのがおこがましいほど、美しく舞われます。一方のお正様はというと、踊りを習ったのは、

「ほんの手習い程度」

とのことですが、動きがしっかりしておられます。

「私なぞ、数年前まで御末《おすえ》で駕籠を担《かつ》いでおりましたから、これ、このように足腰が丈夫なのが取り柄なのです」

と、お正様。なるほど確かに、足腰の動きが安定しているから、見栄《みば》えがいいのでしょう。

しかし、それよりなにより、お正様が喜撰を舞うと、その踊りだけではなく、仕草や顔、目の動き、全てがとても面白く、私は稽古をしながら、可笑《おか》しさのあまり、途中で吹き出してしまうほどでした。

お美乃様にも試しに茶汲み女の踊りを舞っていただくと、それは大変に美しく、こ

れならば法師である喜撰が、出家の身を忘れて口説きたくなるのも無理からぬ有様です。その二人が共に舞えば、それこそ可笑しさは増すように思われました。

一方、お正様が茶汲み女を舞うと、それはそれで面白いのですが、お美乃様の法師は、すっと美しく見えてしまい、さながら徳の高い大僧正。どうにも笑えぬのが悩ましい。

「やはり、お正様が法師を、お美乃様が茶汲み女をなさった方がよろしいのでは……」

「いえ、そうは参りません」

声を上げたのはむしろ、お美乃様でした。

「私も、この法師を舞いたいのです」

「さようで……ございますか」

私はお美乃様のお言葉にやや怯《ひる》みながらも、何故《なにゆえ》、笑えないのかをしみじみと考えながら、お美乃様の舞を見ておりました。

「お前さんの舞では笑えねえ」

芝翫の言葉が思い浮かびました。私の舞も、こんな風に見えているのかと思うと、余計にその理由を探りたくなります。しかし相変わらず、それが見えてこない。

「お正様」

「はい」

「今一度、お正様に舞っていただいてもよろしゅうございますか」

「はい」

お正様は再び舞われます。

ついと足を捌きますと、おちょぼ口で科《しな》を作って見せる。その所作には衒《てら》いがなく、自然と笑みがこぼれます。型だけならば、むしろお美乃様の動きの方が正しいのですが、それでも喜撰としてはこちらの方が見応えがある。

「ああ……」

そうか、と私は得心いたしました。

お正様は、ともかく楽しくて踊っていらっしゃる。そしてその楽しさを伝えるために、型を追いながらも、己の味がある。それが伝わるからこそ、見ていて楽しいのです。

「魂を見る」

師匠がおっしゃったのも、こういうことなのでしょう。

「お美乃様」

私は改めて、お美乃様に向き直りました。

「楽しく舞って下さいまし」

師匠が己に下さった言葉をそのまま口にしていることに気づきました。楽しく舞う。それがどれほど難しいか。今の私自身が身に染《し》みていることなのです。しかしそれをまた、お美乃様に教えようとしている。私の迷いはそのままお美乃様に伝わるのか、なかなか上手くはいきません。

「一休みいたしましょう。お二人共に、険しい顔をなさっている。それでは楽しく舞えますまい」

お正様のお言葉に、私とお美乃様は互いに顔を見合わせました。見ると、お美乃様は困ったように眉《まゆ》を寄せられ、私も己の眉間《みけん》に力が入っていることに気づきました。

「ささ、ほら、お菓子がございますよ」

お正様は手際《てぎわ》よく薯蕷饅頭《じょうよまんじゅう》を並べられ、御膳所《ごぜんしょ》からお茶を持って来られました。こうして甘いお菓子があると、女子《おなご》はみな、ほろりと力が抜けるものなのでしょう。お美乃様も顔が綻《ほころ》びます。

そしてふと、お美乃様に問うてみたのです。

「何故に、法師を舞いたいのですか」

正直、美しい女子が舞いたいお役ではないように思われるのです。元より、美しいお美乃様は、茶汲み女が似合いすぎるほど。しかも、お正様に法師が似合っている……とは申せませんが、そう思っておりました。

お美乃様は、お茶を静かに飲み終えると深く頷かれました。

「お正様から此度のお話をうかがってから、私は、これこそ私にとっての好機なのだと思ったのです」

「好機……でございますか」

「はい。私は、この顔が疎《うと》ましくて仕方なかったのです」

お美乃様は両手で、己の美しい顔を覆われ掠れるような綺麗な声で、訥々《とつとつ》とお話しになります。

お美乃様のお生まれは、御家人でいらしたとのこと。兄上もいらしたので、家督については何の心配もなく、いずれはどちらかの家に嫁ぐことになろうと思っていたそうです。

「しかし父は、そなたの器量は天下一、いずれかのお殿様にも嫁げるなどと、世迷言《よまいごと》を申しまして……」

娘の見目が良いことから、お父上は欲をかくようになられたとか。十二を過ぎるころには、縁談が次々に舞い込む有様でしたが、その悉《ことごと》くを断り、何とかして藩邸の奥か、大奥かに入れようと画策して奔走していらしたそうです。

「そのため、踊りに琴、お茶やお花、手習いに歌、あらゆる稽古のため、毎日、あちこちの師匠の元へ、女中と共に出歩いておりました。里に居た頃は気の休まる時がなかったのです」

しかし、このような美しい娘が歩いていれば、それこそ人目を引くのは疑うべくもないこと。ある日、通りすがりの侍から付け文を袖《そで》に入れられたことがあったとか。

「父は烈火のごとく怒り、私に隙《すき》があったのだと叱《しか》りました。また先方へも出向き、金輪際、娘に近づくなと怒鳴ったとか。私は恐ろしくなりました」

そのため、その次に同じようなことがあった時には、父には言わず、文をそのまま火鉢にくべて燃やしたとか。

「それがいけませんでした」

片や、父が怒鳴り込み、片や、何も言われなかった。この二人の侍は同じ道場に通っていたこともあり、共にお美乃様に付け文したと知り、やがて互いにいがみ合うように。

「ある日、琴の稽古の帰り道のことです。突如、目の前にそのお二人が現れまして」

二人は共に、お美乃様に名乗りを上げ、

「いずれかがそこもとを妻にいただく」

と言い捨て、勝手に刀を抜いて打ち合いを始めたそうな。

「私は、恐ろしさのあまり、何も言えずに立ち尽くしていたのです。いずれとも縁づく気もなく、こんなことに巻き込まれたくもございません。されど逃げようにも足が竦んで逃げられずに……」

すると、その騒ぎを聞きつけた道場の師範が飛び出してきて、

「私闘をするなど、言語道断」

と一喝し、事なきを得たそうです。

「しかしながら、その一件で、私がさながら焚《た》きつけたような噂《うわさ》が立ち、父は怒り心頭。それもまた、私に隙があったからだと申すのです。私はもう、疲れてしまいました」

やがて、縁あって旗本家からの推挙を受け、大奥に入られたお美乃様でしたが、そこでもまた、厄介は続いたそうです。

「私がお仕えしておりましたのは、御手付き中﨟の御方様でした。しかし御中﨟様は、私の見目が気に食わぬと、御部屋を追い出されてしまったのです」

しかしすぐさま、御年寄《おとしより》様からお呼びがかかりました。

「我が部屋の御女中から御手付きとなれば、それは即《すなわ》ち、部屋の誇りでもありますから……と」

そう招かれて、早速に上様に引き合わされることになったお美乃様は、逃げ出したいと思われたとか。

「しかし、お父上様は、お美乃様に御手付きになっていただきたかったのでは」

私が問いますと、お美乃様ははい、とか細い声で頷かれます。

「私は、そこまでの覚悟がなかったのです」

天下人の寵《ちょう》を争う大奥には、私などには想像すらできぬ苦悩がおありなのでしょう。

「そんな時、助けて下さったのが、お正様なのです」

お美乃様は、慕わしそうにお正様をご覧になります。するとお正様は、苦笑なさいます。

「私は助けた覚えはないのですよ。私はむしろ、御手付きになって出世したかったので、上様の御目に留まろうとしただけなのです」

何でも、一昨年の月見の宴で、御年寄様がお美乃様を上様に引き合わせようとしたその時、その上様の視界の先に、お正様が姿を見せられ、

「ちょぼくれを、踊られたのです」

ちょぼくれは、門付け芸の一つで、此度の喜撰の元にもなった踊りです。亡《な》き師匠の三津五郎もよく披露しておりました。手ぬぐいを頭に被り、時には髭《ひげ》を墨で書き、足を広げて滑稽に舞う。

決して品の良い踊りではなく、まして女が舞うことも稀《まれ》なもの。それが大奥の中で披露されているとは、門付け芸人もさぞや驚くことでしょう。

「それはまた、何故に」

呆《あき》れて問いますと、お正様は、何とはないご様子で、饅頭を口に運ばれます。

「そこはほら、このお美乃様のような美女と、上様の寵を競おうというのです。同じように美しく舞ってみせたところで、上様にしてみれば面白くもございますまい。それならばせめて、皆様の御心を明るくして、この女こそ天下一と言われてこその、女ぶりというものかと……」

「天下一……」

片や、天下一の器量と称《たた》えられるお美乃様。片や、面白さで天下一を目指すお正様。そして、天下一の舞手と呼ばれたこともある私……。「天下一」という言葉にも様々あるものだと思いつつ、お正様を見つめます。お正様は照れたように笑い、

「残念ながら、御目には留まりましたが、御手はつきませんでした」

とおっしゃいました。その話を聞いているお美乃様は、首を横に振りました。

「残念などとんでもない。その瞬間、宴にいた皆の目が、お正様に集まったのです。上様もまたお正様の元に足を運ばれ、大変にお喜びになっていらした。それを見た時に、私は心を動かされたのです」

お美乃様は、温かい眼差《まなざ》しでお正様をご覧になります。

「この御方のようになりたいと」

お美乃様の言葉には一点の曇りもありません。傍から見れば、誰もが羨むような美女ですが、この御方にとって、お正様は真《まこと》に憧《あこが》れの人なのだろうことは分かりました。

「皆、お正様の周りの方は、楽しそうなのです。私の周りの方々は、険しい顔をなさいます。それ故に私はいつも、どうしてよいか分からず、狼狽《うろた》えてばかりいる。それではいけません。そのためにはどうすれば良いのか、御三《おさん》の間《ま》に上がってからずっと考えておりました。そして、此度のこのお話をうかがってから、あの時のお正様のように舞いたいと思っていたのです」

お美乃様は力強くおっしゃいます。

ただ、面白そうだからやってみたいとおっしゃったのなら、私はほどほどにいなしたことでしょう。しかし、このお美乃様はこれほどまでに法師の舞に懸けていらっしゃる。それが分かると、いよいよ、どうご指南申し上げるのがいいのか、悩んでしまいました。

「かく言う私も、上手く舞えぬのです」

私はつい、白状してしまいました。すると、お美乃様もお正様も驚いたようにこちらをご覧になりました。

「型はしっかり心得ておりますよ」

そう言って、座ったままで手踊りだけしてみせました。

「しかし、私の踊りでは笑えぬと、芝翫丈にも言われてしまいました。でも、お正様の踊りでは、本当に可笑しくて笑えてしまう。それはきっと、お正様が楽しく舞われているからなのでしょうね。私は今、楽しく舞うことが分からなくなってしまって……」

そこまで言って、声が詰まってしまいました。

舞の上手として、天下一の踊り手として、御狂言師というお役をいただいておきながら、こんなところで要らぬことを言ってしまった。唯一《ゆいいつ》の誇りであったのに、何故、ここでこんな話をしているのかと、急に、我に返って青ざめるような心地がしました。

しかし、それを聞いたお正様は、私を責める様子もなく、ただじっと私をご覧になります。そして、首を傾《かし》げて考えられてから、ようやっと口を開かれました。

「私は、お師匠様のように、芸で生きてはおりません。奥女中として禄《ろく》をいただきながら、ここでお役目を務めております。それ故に、ただ上様、御台《みだい》様への忠義のみが、私が舞う上で大切にすべきこと。その私が、もしもお師匠様よりも上手に、人を笑わせる芸ができているのだとしたら、そのわけは……そうでございますねえ……」

しばらくの沈黙の後、お正様は手を打たれました。

「皆様をお慰めするのに、あまり屈託があってはいけないと思うのです」

「屈託……でございますか」

「はい。無論、私とて、先ほど申し上げましたように、上様の御目に留まりたいという野心はございます。美女に負けられぬという思いもございます。されどそれはそれ。かれこれ七年余りも大奥にありながら、ついぞ上様のお召しがないのは、私がその野心を叶《かな》えることができずに負け続けている証《あかし》でもありますが、それはそれなのです」

「それはそれ……」

繰り返された言葉に、私は思わず言葉を反芻《はんすう》します。

「お師匠様は今、何ぞ、心に掛かることがおありなのですか」

私はお正様のつぶらな瞳《ひとみ》を真正面から見返して、ぐっと唇を嚙《か》みしめました。しかしその目に見つめられるうちに、この方ならば話してもいいように思えてしまったのです。

「踊り踊りで、家人を省みることもせず、跡取りを生むこともできず、近く夫は、妾を取るつもりらしいのです」

つるりと口から出たその話は、これまで師匠にも誰にも打ち明けずにいたことでした。それを、大奥の御女中、しかも踊りをお教えしなければならない御方の前で話してしまうとは……。私は慌《あわ》てて口に手を当てたのですが、お正様は気にするご様子もなく、膝《ひざ》を突き合わせて下さいます。

「なるほど。それでお師匠様はどうお思いなのですか」

「どう……」

私は言葉に詰まりました。荒れ狂う思いがあれど、どうという一言にまとめることができていないのだと、思い知らされるのです。お正様は言葉を継がれました。

「その旦那様に、愛想を尽かされたのですか。それとも、その旦那様と添い遂げたいとお思いなのですか」

そうして言葉にされますと、私は気恥ずかしさや戸惑いと共に、果たして己の胸の内がどこにあるのか分からず、知らず目が泳いでしまいます。するとお正様は、その私を見て、ふっと笑われます。

「お師匠様、お悩みはそれですよ」

私は、え、と言ったきり、お正様を見つめ返しました。

「旦那様のお心がどうなのかは、無論、悩ましいことではあります。しかし、それより何より、お師匠様ご自身のお心が決まらぬことが、悩みなのです。決まればいっそ容易《たやす》いこと」

「容易い……ですか」

「はい。愛想を尽かして捨てるもよし。それでも添い遂げるもよし。町人は、三行半とかいうものがあると聞いたことがございます。離縁できるのでございましょう」

「……はい」

「ならば、あとはお師匠様のお心次第ですよ」

お正様は、ご自分の胸に手を当てられて、微笑《ほほえ》まれました。その笑顔は明るく、屈託がないように見えます。しかし、そのお正様の中にも、想《おも》いが数多《あまた》渦巻くこともあるのでしょう。

そもそも大奥は、正妻である御台様と、お妾である御側室が溢《あふ》れているところです。

そこに住まう方々にとってみれば、下々のかような些細《ささい》な悩みなど、取るに足らぬこと。急に恥ずかしさがこみ上げて、私は顔を真っ赤にして頭を下げました。

「余計なことを申しました。つまらぬことを」

「いいえ。決してつまらぬことではありません。それぞれに悩みは違うのです。お美乃様はかように美しいお顔が悩み。私は上様の御手付きになれぬことが悩み。そして貴女《あなた》は、夫に妾が来るやもしれぬという悩み。どれが重くて、どれがつまらぬというものではないでしょう」

お正様は腕を組んで唸《うな》っておられましたが、やがてすっと立ち上がられます。

「でも、楽しく踊ることはできるのです」

お正様は静かな笑みと共にはっきりとおっしゃいます。

「悩みは尽きぬがそれはそれ。喜撰はどんな方ですか。出家の身なのに、茶汲《ちゃく》み女にうつつを抜かし、桜の枝を片手にふらりふらり。いっそ、この法師のような心持になってみましょう。お師匠様も、町人の女房の気持ちを忘れて、ふらりふらり。お美乃様も、そのお顔のことや、お父上様のお望みを忘れて、ふらりふらり。なりきってみると、心地よいものです」

お正様は、清元を口ずさみながら、法師の舞を踊ります。そして手足を止めぬまま、私とお美乃様を見やります。

「色々と、人の気持ちを慮《おもんぱか》れば苦しいことも絶えません。しかし、そんな時はまず、己の心を慰めるのです。その上で、言葉にすべきは言葉にし、飲み込むべきは飲み込み、あとは踊って、唄ってしまいましょう。ささ」

お正様は私の手を取り、

〽世辞で丸めて　浮気でこねて……

と、喜撰の清元を唄いながら、舞い始めます。私もそのお正様の楽し気な声に合わせて、一緒に踊りました。お美乃様もそれに倣《なら》って踊るうちに、次第に可笑しくなってきて、共に笑い合っておりました。

なるほど、浮世の憂《う》さを忘れるとは、こういうことかと思いました。踊り踊りと、芸の鍛錬ばかりを積んで参りましたが、技だけでは人を魅せることはできぬもの。憂さを知り、それを忘れるために舞うからこそ、見ている者にも憂さを忘れさせることが叶うのかもしれない。

舞を楽しむということは、ただ楽しむだけではない。強い覚悟も要るものだと、舞うお正様の背を見ながら思いました。

そうして舞いながら、ずっと美しく舞い続けた師匠、三津五郎の凄《すご》みを今更ながら思い知り、師匠に会いたい気持ちが溢れて参りました。

それから数日の間、私はお正様に言われた通り、己の心の内だけを考えておりました。夫、安五郎がどう思うかを考えるのを止《や》めてみると、答えは次第にはっきりと見えて来たのです。

「もしも、妾を囲うというのなら、いっそ離縁して下さい」

寝間に入るなり、私は安五郎に向かって言い放ちました。安五郎は布団に横になっていましたが、驚いたように跳ね起きました。

「何を、急に」

目を見開いたまま、固まっています。

「なかなか跡取りがないのも、私の不徳の致すところでございましょう」

私は一気に迷いを断つように声を振り絞ります。

「先だって、貴方《あなた》が妾を囲うことを考えているとお姑《しゅうとめ》さんに言っているのを聞いてから、私はずっと考えておりました。腹も立ちますし、悲しくもあります。でも、それが世の習いだからと諦《あきら》めきれるほど、私も悟っているわけでもないし、心を殺すことも叶いません。いっそ、離縁していただきたいのです。お願いします」

そう言ってから、私は懐《ふところ》に潜ませていた三行半《みくだりはん》を安五郎に向かって差し出しました。妾を囲うというその言葉故に、振り回されもし、心の澱《おり》もありました。しかしその憂さがあればこそ、踊れる舞もある。そう思えばこれは芸の肥やしと割り切ろうと、覚悟も決まったのです。

「いやいやいや……待て待て」

安五郎は寝間着の前を合わせながら、慌てて居住まいを正し、私の前に正座しました。

「何だって急にそんなことを言いだしたんだい」

「お舅《しゅうと》さんのご葬儀の後、お前さん、お姑さんとお話しになっていたじゃありませんか」

安五郎は眉を寄せ、記憶を手繰るような顔をしてから、ああ、と声を上げました。

「確かに、母さんが妾のことを話していたよ。しかし俺はそんなことは考えていない」

「いえ、貴方はそうおっしゃった」

「跡取りのことを、考えていると言ったんだ」

「同じことじゃありませんか」

「いやいやいや……」

安五郎は、首を横に振り、額に浮いた汗を拭《ぬぐ》います。覚悟を決めてみると、安五郎のそうした所作の全《すべ》てが、さながら幕一枚向こう側にいるように思えるほど、私は静かな心地でおりました。安五郎は私から目を逸《そ》らしながら、言葉を継ぎます。

「子ができるできぬは、こればっかりは神仏の思《おぼ》し召《め》しってやつで、どうなるもんでもねえ。それは他所《よそ》を見たって分かることだ。俺が妾をこさえたからって、すぐさま子ができるって話でもねえ。それなのに、お前さんを悩ますような真似《まね》をしたくないし、俺はそんな風に女で遊べるほどの色男でもねえや」

安五郎は、ふうっと一つ息をつきます。

「俺の従兄《いとこ》の家は、子だくさんでね。七人のうち、四人も男の子がある。もう少しして、やはり俺らは子に恵まれないと分かったら、一人を養子にしようかって」

「養子……ですか」

思ってもいないことを言われ、私は目を見開いて絶句しておりました。その様子を見て、安五郎は今度は私を真《ま》っ直《す》ぐに見ます。

「お前さんの踊りの女弟子を娶《めと》らせることができれば、それはうちの子と呼んでもいいかもしれないと、そんなことをぼんやり考えて……どうだろう」

安五郎の問いかけに、私は言葉もなく、項垂《うなだ》れます。

「いや、その……お前さんの気持ちも聞かずに済まなかったが……」

取りなすように続ける安五郎の声は、もう耳に入りませんでした。

私は、体中の力が一気に抜けるような心地がしました。苛立《いらだ》ちからろくに眠れず、踊ろうにも満足に舞えず、師匠にも合わせる顔を失って、狼狽えていたのは、全て真のことを夫に確かめられない、己の意気地のなさから来る取り越し苦労であったのです。情けなさと悲しさと安堵《あんど》で、知らぬ間に嗚咽《おえつ》するほどに泣いてしまいました。

「おいおい、お前さん、そんなに泣くこたないだろうが……」

「……だって、こんな風に、踊り踊りで、家を省みないからって、お前さんが私を責めているんだ……愛想を尽かされたんだと……その上このところ、踊りも上手く舞えやしないし……」

安五郎はその泣きじゃくる私の背を優しく撫《な》でてくれました。

「何だ、そんなことを考えていたのかい。俺も言葉足らずだが、お前さんも言葉足らずだね。俺はてっきり、お前さんが俺に飽きて、このところ口もきいてくれないのかと思っていたら……」

「飽きるも何も、初めから飽きるほどの何もありゃしないじゃありませんか」

安五郎は呆れたように目を見開いて、それから大声で笑いました。

「そいつはひどい。まあ、お前さんからしたら、恋い焦《こ》がれた相手というわけでもないからね」

私は、はい、と答えることもできず、かと言って、いいえ、と言うのも癪《しゃく》に思えて、ただ黙って安五郎の顔を見ました。

正直、男前とは言い難く、醜男《ぶおとこ》というほどの癖もない。穏やかな人となりで、生真面目で優しい人です。しかし、長らく共にいると、これほど落ち着く人もないように思われました。

安五郎は、私の視線の先で照れたように頭を掻《か》いて、笑って見せます。

「お前さんの周りには、当代一の男ぶりを誇る、坂東三津五郎だの、中村芝翫だの、そういう名うての役者がいるじゃないか。そんな人らと比べられたら、あっという間に飽きられるだろうと覚悟を決めていたから」

私は安五郎のその言葉を聞いて、驚き、そして呆れて、やがて笑いました。それを見て、安五郎は再び呆気《あっけ》にとられたようにじっと私を見つめます。

「貴方とあの師匠方を比べたりしませんよ。あちらは言うなら、鯛《たい》の尾頭付。貴方はお米。毎日食べるならば、お米の方がよろしいでしょう」

「そりゃあ、鯛は毎日食べつけるものでもないなあ」

ははは、と陽気に笑う安五郎を見て、私はやっとほっと胸を撫でおろしました。

「折角、天下一の嫁になろうと、御狂言師としてのお役を務めていたのに、いらぬ気苦労をしてしまいました」

「天下一の嫁というのは、そりゃあお前、御狂言師かどうかは関係ねえや。俺にとっちゃ、大奥の御台様よりも、お前さんこそが天下一。他に欲しい嫁はいねえってことよ」

私はしばらく黙ってその意味を考え、それからふっと吹き出しました。

「何だ、お前さん、余程、私に惚《ほ》れていなさるんですね。ならばもう、気を揉《も》むだけ無駄なのだと分かりました」

「そう言うお前さんも、俺に惚れていなさるから、そうして気を揉んだんだろうが」

私はぐっと唇を噛みしめます。何やら悔しく思われ、ついと視線を外して、さっさと寝支度を始めましたが、その間も、

「そうだそうだ、そういうこったねえ」

と、後ろで煩《うるさ》く申しているのを、何とも心地よく聞いておりました。

町の一家の小さなひと悶着《もんちゃく》は、こうして落着したのでございます。

二月の初午《はつうま》は、稲荷社《いなりしゃ》の縁日。

大奥では、御年寄様をはじめとした高位の御女中たちは、江戸城内にある稲荷の社に参詣《さんけい》なさるのが習わしとなっております。

御目見得《おめみえ》以下であるお正様たちが舞を披露するのは、お昼を過ぎてから。お庭には緋毛氈《ひもうせん》が敷き詰められ、随所に傘が建てられます。設《しつら》えられた舞台の周りには花飾りが施され、華やかな風情《ふぜい》になっておりました。

私は支度部屋からお庭の様子を拝見し、ほう……っと、ため息をつきました。まだ肌寒い季節とはいえ、お天気にも恵まれて、心地よい陽気でございます。その広々としたお庭に、色とりどりの衣を纏《まと》った美しい御女中たちが、さざめきあいながら、歩いておいでになるのです。

「お師匠様」

ふと振り向くと、すっかり顔を白く塗り終え、頭に羽二重を被《かぶ》ったお正様がいらっしゃいました。思わず吹き出しそうになるのを堪《こら》えて、噎《む》せ返ってしまいました。しかしお正様は至って真剣なご様子で、茶汲み女の衣装を纏っておられます。代わりに緊張したご様子のお美乃様が、鏡を見ながら坊主《ぼうず》のかつらを丁寧に被っております。

途中でお正様がこちらの御部屋に引っ込んで、坊主頭に変わり、共に二人の坊主で最後を踊ることになっておりました。お囃子《はやし》は、清元、鼓《つづみ》や笛、三味線が得意な御女中方に先日、聞かせていただきましたが、なかなかの出来栄《できば》えで、それこそこれを芝居小屋でかけたら大入り間違いなしかもしれぬと思うほどです。

ずらりと居並ぶのは、奥女中だけではなく、大藩の奥方様や御姫様、他家に嫁がれた上様の御姫様方までいらっしゃり、正にこの日の本で最も尊き女人がここに集結したような有様でございました。

その只中《ただなか》へ、茶汲み女のお正様と、法師のお美乃様を送り出します。その時、わっと歓声が上がり、華やかさが増したように感じられました。

私も支度部屋からお庭の方へ参りますと、

「あれでは逆じゃ。お正が法師であろうに」

と笑いながらおっしゃる声が聞こえます。

そしてお正様は再び支度部屋へ舞い戻ります。その間、御三の間の御女中方の囃子に合わせて、お美乃様がお一人で踊ります。

「ささ、急いで急いで」

お正様は急いで坊主の衣装に取り換え、かつらを取り換え、再びお庭へと降りていらっしゃいます。

今度は、おおっというざわめきが聞こえ、お正様の通る先から、人々の顔が笑顔に変わっていくのが見えました。お正様の法師が、お美乃様を押しのけるように前へ出ますと、それだけで笑い声が上がります。気難しい顔をして上座に座っていらした御年寄様までも、口元を扇で隠しながら、笑っていらっしゃるご様子が分かりました。具《つぶさ》に聞くことは叶いませんでしたが、御台様からもお褒めの言葉があったそうで、お二人は意気揚々と部屋へと戻って来られました。

お二人をお迎えしながら、私はようやっと肩の荷が下りた思いでおりました。

「お師匠様もご苦労様でございましたね」

お正様は、法師の装束のままで、満面の笑みを浮かべて私を労《ねぎら》います。滑稽《こっけい》な衣装で、白塗りの坊主頭なのですが、汗ばむその顔は、晴れ晴れと美しく輝いて見えました。

「光栄なことでございます。さすがはお正様、皆様が心地よく笑っておられました」

「それは良かった。私も楽しゅうございました」

「私も、楽しゅうございました」

お美乃様も、満足げに微笑まれます。同じく坊主頭の額に汗を浮かべたお美乃様は、これまで見たどのお美乃様よりも美しく思われました。

「お美乃様の法師より、私の茶汲み女が笑われたようにも思われますが」

お髪《ぐし》を整えながら、お正様がおっしゃいます。

「あら、御年寄様からは、私の法師も良かったと、おっしゃっていただきましたよ」

「あの方は、貴女をご贔屓《ひいき》だからです」

お二人は他愛もない言い合いをして笑い合います。何よりも、このお二人の楽しそうな有様が、人を和ませたのでしょう。

「正直、お二人の舞の方が、御次《おつぎ》の御女中の舞よりよろしゅうございました」

私は声を潜めて申しました。

二人の前に、御次の方が、じっくりと「老松《おいまつ》」を舞っていたのですが、それはむしろ、

「上手《うま》いであろう」

と言わんばかりの圧を感じて、芸を堪能《たんのう》できなかったのです。

するとお二人は、ふふふ、と声を潜めて笑いました。

「それはそうでしょう。私たちは天下一の御狂言師に習っているのですから」

お二人の言葉は、大仰だとは思いますが、私はこの時ほど「天下一」の言葉が嬉《うれ》し

かったことはございません。

「いっそ、お師匠様も、この大奥でお暮らしになればいいのに。すぐに御次になれますよ」

お正様の言葉に、私は苦笑しました。

「いいえ、私には町人の女房が似合いです」

「あら、では、三行半の出番はございませんでしたの」

「はい。お聞き苦しいことをお話ししましたが、何やら私の取り越し苦労だったようで」

「あら残念」

お正様は冗談めかしておっしゃいました。

「でも、これからもご指南お願いいたしますね」

「無論でございます」

するとお美乃様は、優しく微笑まれました。

「本当に、お師匠様とお稽古ができてようございました。私、此度《こたび》の舞で、色々と心が軽くなりました」

「軽く……」

私が問うと、お美乃様は頷《うなず》きます。

「はい。こうして坊主頭のかつらをかぶり、衣装も僧衣に変えて、白塗り顔で人前に出てみると、人目を気にして生きていたことが、つくづく馬鹿馬鹿《ばかばか》しく思えました」

そうしてご自身の白い頰に手を当てられました。

「してみると私は、他人《ひと》様の目に映る己の顔が嫌いで仕方なかった。けれど、一度それをはぎとってみると、なかなかここまで、よくぞ頑張って来た、天晴《あっぱれ》な顔と、愛《いと》しさも生まれて参りました」

お正様に向き直ります。

「お正様のお蔭《かげ》です」

するとお正様は、胸を張ります。

「そうでしょうとも。貴女が私のようになりたいなどと、世迷言をおっしゃるので、思い知らせて差し上げたのです。貴女が私のようになっては、私の立場がございませんん。貴女は貴女、私は私。それでこそ、大奥の花でございましょう」

それからふと、首を傾げます。

「あら……しかし、そうしてみると何やら報われぬのは私だけではありませんか」

「と、おっしゃいますと」

「お師匠様は、旦那《だんな》様との仲が円満になられた。そして、お美乃様のお顔の悩みもなくなった。私だけ悩みが解決できぬままではありませんか」

「まあ、お正様のお悩みは何でございましたでしょうか」

お美乃様は空とぼけるように言って、悪戯《いたずら》めいて首を傾げます。

「上様からのお召しがないことです」

お正様は、はっきりと聞こえるようにおっしゃり、頬を膨らませて見せます。そのお顔がまた、先ほどの喜撰にも似ていて、可笑《おか》しくて私とお美乃様は、顔を見合わせて笑いました。

それからも、御狂言師として大奥へは度々、足を運びました。お正様とお美乃様の他にも、大勢の奥女中の方々にお会いし、時には御姫様方にも舞をご指南することもございます。

そして、町の女師匠としても、町娘たちを相手に舞を教えて参りました。そのうちの一人に筋の良い娘があって、いずれは坂東三津江の名を継がせたいと考えている次第でございます。

また、兄弟子の蓑助《みのすけ》改め、当代の三津五郎から頼まれて、男のお弟子さんにも、舞をお教えすることもございます。さすがにそれは大きな声で言えることではありませんが、お教えした役者が、千両役者に育つのを見ていると、こちらの胸も華やぐものでございます。

いずれの御方に指南をする時にも、私の心の内にはあの時、お正様、お美乃様と共に舞った、喜撰のことがあります。楽しく舞い、憂さを忘れさせてこその芸。手足を動かすだけではなく、魂までをも踊らせてこその舞なのだということを、私は忘れることはございますまい。

大奥でのあの思い出は、私にとって何にも代えがたい宝なのでございます。

ねこめでる女

お蛸《たこ》と小萩《こはぎ》

私が初めて小萩に出会いましたのは、大奥に入りまして三月ほどが経《た》った頃のことでございます。

大奥に上がりましたのが他の御女中たちに比べると遅く、既に三十も半ばになっておりました。生まれは佐原の農家でしたが、縁あってさる旗本の御屋敷で奥女中をした後に、日本橋の料理屋に嫁ぎました。この料理屋は、藩邸からの御用なども賜って、なかなか繁盛《はんじょう》していたのでございます。

しかしながら夫が先ごろ卒中で倒れ、あっという間に身罷《みまか》ってしまい、後家になってしまいました。そこへ、長らくうちの店を贔屓《ひいき》にして下さったお役人様のご紹介で、思いがけず奥勤めのお話をいただきました。

煮炊《にた》きを取り仕切る御仲居《おなかい》という御役を頂戴《ちょうだい》し、畏《おそ》れ多くも、御台《みだい》様をはじめ、大奥の皆様方の召し上がるものを御支度することになりました。

「そなたはこれより、お蛸と名乗りなさい」

「た……こ……」

元の名は、「お夏《なつ》」と申しました。夏に生まれたからお夏。さほどの思い入れがある名ではございませんでしたが、「蛸」と呼ばれるとは思いもしませんでした。

御仲居はみな、私のほかにもお鯛《たい》さんや、お鮎《あゆ》さんなど、魚などの名をつけられることが習わしだそうです。たまたま、先のお蛸さんが大奥を辞された後だったとかで、私がお蛸と相成りました。はじめのうちこそ、なかなか慣れず、

「お蛸さん」

と呼ばれても、返事をするのを忘れてしまうこともありましたが、次第に慣れて参りました。

それにしても、御仲居が取り扱います食材は、誠に見事でございました。鯛や鮃《ひらめ》といった魚はもちろんのこと、各藩から送られた珍しい野菜や珍味、更に長崎からは異国の品まで舞い込んで参ります。

「これはいかに料理すれば良いか」

御仲居の頭であるお鯛さんは、悩むふりをして、各藩から送られてきた山海の珍味

などをつまんでは、喜んでいる始末。私どももそれに倣《なら》い、大奥の他の御役の方々よりも、日ごろからよいものをいただいておりました。

私どもの食事は、大抵がお下《した》と申しまして、大奥の皆様の御下がりです。いわば、煮炊きの余りを分けていただくのです。それは、御仲居も御末《おすえ》もみな同じです。

一日中、大わらわで支度を終えて、ふと一息つきながら、お下の食事をいただいておりますと、背後で小さな物音がしたのです。

「おや、小萩さん、参られましたか」

お鯛さんがそうおっしゃいます。

「小萩さん」

聞きなれぬ名を耳にしてそちらを見ますと、そこにはたいそう美しい白毛の猫が座っております。

「こちらは、小萩さんです。ほら、背に茶色の斑《ぶち》が、萩の花びらを散らしたようにあるでしょう」

見ると確かに、白い毛に茶色の斑点《はんてん》がございます。それにしても随分と雅《みやび》な名が猫についたものです。私など、蛸だというのに……。

「小萩さんは、お下をいただきに参られたのですね」

お鯛さんがおっしゃいますと、小萩はそれに応《こた》えるように、にゃあおと鳴きます。

「ほら、それなら新参のお蛸からいただいて下さいませ」

すると、大きな金の目でお鯛さんをじっと見てから、その目をついと私の方へ向け、私の膳《ぜん》の前にしゃんと座るのです。

「ほら、分けておあげなさいな」

私は戸惑いながら、魚の切れ端を手のひらにのせて、差し出します。すると小萩はそれをしばらく味わうように食べます。それから、もっと寄越せと言わんばかりに、私の顔をじっと見つめるのです。

「ほら、もっと仰《おお》せだよ」

お鯛さんをはじめ御仲居の皆が揶揄《からか》うので、私は仕方なく、魚をもう少し切り分けて差し出します。すると、今度はそれをくわえて、くるりと背を向けて御膳所《ごぜんしょ》を出ていきました。

「行ってしまいました」

私が見送りますと、お鯛さんは笑います。

「小萩さんは、気まぐれにひょいと来られる」

大奥の誰ぞの飼い猫なのでしょうか。この大奥では、犬、猫、鳥、金魚と、さまざまな生き物を飼っておられる方が大勢いらっしゃいます。それらのえさ……ではなく、召し上がるものも、御膳所が支度します。もっとも、人と同じものではなく、私たち同様のお下ではございます。

但《ただ》し、盛り付けます器などがずらりと御膳所に並びますと、その光景はなかなかに壮観なもの。

「あちらの漆のお椀《わん》は御台様のお猫の咲姫《さきひめ》様、あちらの磁器の器は御年寄《おとしより》様のお犬のお玉《たま》様。ほれ、その朱塗りの器はあの小萩様のものですよ。それから、あちらの貝の形の器は御中﨟《おちゅうろう》様のお猫の太郎《たろう》様のものですが、そちらには卵は盛り付けぬよう。お嫌いだそうです」

……と、まあ、御女中たちよりも気遣われております。何せ、犬猫を飼っておいでの方は、大奥の中でも身分のある方々ばかりです。それ故《ゆえ》にこそ、御目見得《おめみえ》以下の部屋方女中の好き嫌いよりも、気を配らなくてはいけません。御年寄様のお犬様がおなかを壊された時、御年寄様が寝ずの看病をなさったというのは、広く知られた話だとか。

「その時の御仲居が、うっかりお玉様がお嫌いな鰯《いわし》を入れたのが悪かったのではないかと、御年寄様のところの御女中がおっしゃって。それはもう、御仲居頭のお鯛様は、御役御免にならんばかりの有様で」

お鯛さんが大慌《おおあわ》てで、お詫《わ》びと共に白粥《しろがゆ》を作ってお玉様に届けましたところ、お玉様が喜んで召し上がり、御年寄様はご機嫌を直された……とか。

「犬、猫などと気安く呼んではなりません。お犬様、お猫様、お鳥様ですよ」

「はあ……」

私も、犬も猫も好きでございます。

町人をしておりました頃には、それこそ魚の骨なぞを外に置いておきますと、黒毛の猫が遊びに来ては、おいしそうにむさぼっておりました。抱こうとしても、ひょいと逃げるような野良《のら》猫でございましたが、年老いて参りますと、すっかり私にも懐《なつ》きまして、手からものを食べるようになったものです。

あれはただの野良猫ですが、ここにいらっしゃるのはお猫様。別ものなのだと思うようにいたしました。

「だってほら、ご覧なさいよ」

御仲居仲間のお鮎さんが、戸棚を指さします。そこには、たいそう立派な鰹節《かつおぶし》が仕舞われています。

「あれらは、藩から御台様のお猫様のために献上された鰹節です。御台様が、他の部屋の猫にもどうぞと仰せになりましてね。あれは削っても、人に使ってはなりません」

見れば、それは立派な良い鰹節でございます。一つ手にとって香りをかぎますと、その芳醇《ほうじゅん》なこと。

「お下をいただく分には良いのでしょうか。これを削ってごはんにかけたら、さぞや美味《おい》しいでしょうねえ」

私が申しますと、お鮎さんが笑います。

「小萩さんが参られた時に、頼んでみてはいかがです。小萩さん、お下を頂戴できますか、と」

何と言っても、御台様のお部屋では、泥鰌《どじょう》や鰹節を年に二十五両分も支度するといいます。他のお部屋でも、それに近いお金をかけておいでだとのこと。

「無論、食べ物だけではありませんよ。毛繕いのための椿油《つばきあぶら》や、櫛《くし》。首につける飾り紐《ひも》に、寝床の布団《ふとん》。まあ……それはもうたいそうなお値段でございましょうなあ」

器一つを見ても、よく分かります。

私の嫁ぎ先の日本橋の料理屋も、それなりに高級と言われて良い器をそろえておりました。しかし、ここのお猫様、お犬様の器は、それよりはるかに上等です。

犬、猫のことで手間をかけているのは、御仲居だけではございません。

呉服《ごふく》の間《ま》の御女中たちも、それはそれは様々な苦労があるそうで。

時折、御膳所を覗《のぞ》きに来られる呉服の間のお啓《けい》様とおっしゃる御女中は、随分とふっくらとしたご様子の方。暇を見つけては、菓子などを見繕いにやって来るのです。

そのお啓様と猫の話をすると、ふうっと深いため息をつかれます。

「お猫様は爪《つめ》を立てますでしょう。それが先だっても、打掛の端にかかりましてね。繕って欲しいと、御中﨟様からお話がありましたけど、まあ……なかなか元通りとは参りません。またお膝《ひざ》の上で粗相をされた日には、もう……。できれば、打掛を脱がれてから猫……お猫様を抱いていただきたいものです」

そう言って、お菓子を召し上がって帰られます。

また、御末はこれまた別の苦労があるようで。御末の葵《あおい》さんは声を潜めます。

「犬も猫も、生きておりますからね。食べれば出しますよ」

露骨な物言いではございますが、おっしゃる通りのことでございます。

御末の方々は、朝も明けきらぬうちから、大奥の中、長局《ながつぼね》などを掃除して回ります。犬や猫、鳥を飼われている部屋では、それらの糞《ふん》の片づけなども無論、御末がするのが当然でございます。

「部屋に入りました折には、まず鼻を利《き》かせます」

葵さんは、鼻をひくひくと動かして見せます。

「きちんと、犬猫のための御不浄で用を足してくれればよいのですが、時折、粗相をいたしますでしょう。そうなりますと、ただの掃除ではすみません」

盛りの時期になりますと、猫たちは、城内のあちこちに出歩くようになります。そして、そこここで粗相もいたします。こともあろうに、御中﨟様のお猫様が御台様のお部屋の傍で粗相をしたなどとなれば、犬猫のこととはいえ、一大事でございます。

「無論、御台様とて、そのようなことでお怒りにはなりますまいが、愉快なものではございません。御末はそうしたことのないように、心を配るのが務めでございますからね」

水で清めるのはもちろんのこと、それだけでは足りないので、大急ぎで香炉を用意して、粗相のあった場所に焚《た》き染《し》めるのだそうです。

「何せ、柱は木ですから香の香りがしみ込みます。大奥の中を歩いていて、特によい香りがする柱がありましたら、お猫様、お犬様がお気に入りの柱と思うとよろしいかと」

葵さんは、誇らしげに笑います。

かくも、大奥にはたいそうなお猫様、お犬様がおいでなのだということが、日を追うごとに分かって参りました。

かの小萩はと申しますと、私が初めて会った日から何日かに一度は御膳所に顔を見せ、食事を摂《と》る私たちの元を訪れます。近頃では、入って来るなりまっしぐらに私の元に来て、正面に座り、じっと膳を眺めております。知らぬふりをしますと、ちょいちょいと膳の端に手を乗せてみたり、大きな欠伸《あくび》をして見せたり。それでもわざと目を逸《そ》らしますが、今度は私の膝の上に乗り、膳と私の間に入るのです。

「なかなか策士だこと」

御膳所の者は、小萩と私の攻防を、面白がって見ているのです。

その小萩は、御中﨟様のお倫《りん》の方様の部屋で飼っていらっしゃるお猫様だという話を聞きました。

お倫の方様というのは、まもなく四十におなりの御方でいらっしゃいます。十六、七の頃には、上様の御寵愛《ごちょうあい》を受けた御手付き中﨟ですが、残念ながら御子には恵まれませんでした。そのため、いわゆる御腹《おはら》様、御部屋《おへや》様といった立場ではなく、長局にお部屋を設けて、そちらでお暮らしでいらっしゃいます。

「とはいえ、お倫の方様は旗本の中でも、お奉行様までお務めになられた御方の御姫様でいらっしゃるそうですよ。道理で、お美しい方だと思いました」

呉服の間のお啓様は、慣れた様子で、御膳所に届いた上納品の中から干菓子を見つけてそれをつまみながら、ほうっと嘆息なさいます。

「まあ、この大奥には数多《あまた》、美女はおりますが、あの御方はそれこそ御寵愛を受けること間違いなしと、奥入りを決めたのは、もっともなことに思われます」

そう聞きますと、私としましてもお倫の方様のことが気になります。一度、長局の方へ出向きまして、遠見にお倫の方様を見たことがございます。遠目にも白い肌が美しい。とても、私よりも年かさには見えません。そして、脇息《きょうそく》に寄りかかるその御方様の傍らに、縮緬《ちりめん》の布団が置かれており、そこへ小萩が鎮座しているではありませんか。

「あのように立派な御布団の上に寝ているというのに、何を好きこのんで、私たちの御膳所までくるのでしょうねえ」

一緒に覗きに行ったお鮎さんと共に、笑ったものです。

そうして笑いながら、つくづくと今の幸せを噛《か》みしめます。

夫を亡《な》くし、子もない身の上を嘆いたこともありました。しかし、一人だからこそ身軽に、どこへなりとも行けるのだと思い直し、何とか暮らして行こうと覚悟を決めたのです。しかしまさか、武家の娘でもない私が、大奥に上がることになろうとは、露ほども思いはしませんでした。

「奥入りは、一、引き、二、運、三、器量」

その言葉の通り、家柄もなく、器量よしでもない私がここにたどり着けたのは、ひとえに運と縁に恵まれたからにほかなりません。

「小萩さんにお下を取られるくらいは、むしろ喜ばしいことなのでしょうね」

またも私と膳の間に入って、魚をねだる小萩に向かってそう言いますと、

「それはそうに違いないね」

と、御仲居はみな、笑います。

おいしい御汁などをいただくと、ふと亡き夫に食べさせてやりたかったと思うこともありますが、それもまた、幸せなことなのだと思っておりました。

お佐江《さえ》と小萩

私だとて、泣きたくて泣いているわけではない。もう、十になる故、いつまでも親元を恋しがって泣いたりはしたくない。しかしそれでも、ふいっと夜中に目が覚めて、

周りにおいでになる姉女中の皆様がお休みになっているのを見ると、悲しい気持ちが押し寄せてくることもある。

私が、御年寄様の御小姓《おこしょう》になるため大奥に参ったのは、昨年末のこと。年明けて十になったからには、しゃんとせねばならぬ。そう心に決めていたはずなのに……。

「そなたの名は、お佐江にしよう」

御年寄様がそうおっしゃってから、私の名は佐江になった。これまでは糸《いと》と呼ばれており、それが私は気に入っていた。

しかし、かようなわがままが、通るものではないと承知している。しかも、それまでは奉行も務めた祖父の元、御屋敷の中で、誰よりも尊ばれる姫君と呼ばれていたけれど、奥へ入れば、私よりも遥《はる》かに身分の高い姫君や御台様がおいでになる。

母は大奥へ上がる際に、不安を満面に浮かべていた。

「何分、私も殿も、先代も、みなでそなたを甘やかしてしまいました。ともかくも、大奥に参りましたら、口ぶりも柔らかく改め、頭を下げて謙虚になり、可愛《かわい》がってもらうのですよ」

何度も言われて送り出された。その通り、目上の方々の前では、可愛く振る舞うこともできるし、謙虚にもなろう。不服なこともたんとあるが、口には出さずにぐっと堪えているから、我ながら偉いと思う。

稚児髷《ちごまげ》を結い、良い振袖《ふりそで》を着て、御年寄様の御側に侍《はべ》るのが、小姓の役目。そして「小姓」と呼ばれるのは、御年寄様以上の御側に侍る者だけ。御中﨟様の部屋にいる子らはみな、「小僧」と呼ばれる。城内で同じ年頃の子らとすれ違っても、私だけが誇らしく胸を張っていられるのは、気持ちが良かった。

しかし、慣れぬことばかり。

少し年上の姉女中お志賀《しが》は、先ごろ御小姓として元服したばかりの十四。ことあるごとに私を目の敵にして、小さな意地悪をする。御年寄様の煙管《きせる》の柄をすり替えたり、御茶碗《おちゃわん》の向きを変えたりしては、私のせいにしている。

「こら、お志賀」

気づいたお局様はそう叱《しか》って下さるが、お志賀はその程度では挫《くじ》けぬ様子。それが余計に腹立たしい。しかもお志賀は、陰で私の悪口を言いふらしていた。

「お佐江は、生意気で可愛くない」

ふんっ。知らぬわ。

もっと年上の姉女中たちは、私のことをたいそう可愛がってくれる。

「お佐江はこの赤がよく似合う」

「ほら、この簪《かんざし》も良い」

「いやいや、この山吹の振袖もいい」

さながら己は着せ替え人形のように思われることもある。でも、お志賀がそれを羨《うらや》ましそうに見ているのは、嬉《うれ》しい。

「ありがとうございます。お姉様」

そう申し上げると、姉女中の方々はみな、

「良い良い。楽しいのじゃ」

と、喜んで下さる。

「そなたはいずれ、御手付きになり、御中臈様になるやもしれぬ」

御手付きの御中臈様というのがいかなるものか、私はついぞ知らぬが、

「ほら、あちらにおわす御方のような」

と、示されたのは、廊下をお渡りになる美しい御方であった。何でも、上様の一の人と言われるお美代《みよ》の方とおっしゃる御中臈様であった。姫君を連れ、美しい打掛を着て、華やかな様子でいらっしゃる。

「まあ、素晴らしい」

それは、さながら絵草紙で見たかぐや姫のよう。

しかし、そのような先のことよりも、今の私にとって大きな問題が一つある。それは、お玉のこと。

お玉と申すは、御年寄様が御寵愛のお犬の狆《ちん》。このお玉は、私よりもお志賀に懐いている。そのため、お志賀はお玉のお世話を仰せつかっている。私は何とかしてお玉に懐いてもらおうと手を出したのだが、唸《うな》られて、あまつさえ嚙まれてしまった。

「まあ、大変」

姉女中たちが手当てをしてくれたが、御年寄様は困り顔をなさった。

「お玉は、そなたに懐かぬのう……。よいよい。お玉の世話は、お志賀がなさい」

御役をいただくことは叶《かな》わなかった。

「みなが近頃、お佐江を構う故、お玉は妬《や》いているのでしょう」

それは私のせいではない。

私は、御年寄様の隣で鎮座ましますお玉を見て、思わず知らず、その顔を睨《にら》んだ。するとお玉は嘲笑《あざわら》うように歯を剝《む》いて、唸る。これでは一向に仲は良くならぬ。

もっとも、犬猫の世話ばかりが御小姓の務めではない。御方様のお茶の支度や給仕、お煙草《たばこ》の支度なども、きちんとできるようになってこそ御小姓。慣れて来るとお志賀の些細《ささい》な意地悪など、何ともない。

はじめのうちは慣れることに必死であったし、物珍しいことばかりで、寂しいと感じることもなかった。しかし、慣れてくれば心に隙《すき》ができてしまう。夜、一人で目が覚めた時なぞは誠に辛《つら》い。

御不浄に行きたいと思っても、夜の長局はしんと静まり返っていて恐ろしい。さりとて他の御女中を起こすのは申し訳ない。はじめのうちは起きてくれていた御女中もいたが、

「一人で怖い時は、お志賀と参りなさい」

と言われてからは、意地でも一人で行くしかない。いつぞやお志賀はわざと、この長局にまつわる怪談を話して聞かせたことがある。私は怖がるのも癪《しゃく》なのでつい最後まで聞いてしまったが、そのことが今は忌々《いまいま》しい。

「お志賀め」

呪詛《じゅそ》の言葉を吐きながら、私は暗い廊下を御不浄まで歩いた。無事に用を足して戻ろうとしたその時、廊下の先にふわりと浮かび上がる白い影がある。

「…………っ」

人は誠に驚くと、声などまるで出なくなるものなのだと初めて知った。腰が抜けそうになるのを辛うじて堪え、傍らの柱に摑《つか》まり、目を凝らす。その白い影はゆらりと

ゆらめいて、こちらに向かって来るではないか。私は逃げようにも足が竦《すく》んで動かず、ただじっと目を閉じてその場で固まっていた。

すると、足元に生暖かいものが触れた。

「ひぃっ……」

泣きそうになりながら足を引き上げたら、そこにいたのは、

「猫……」

白い猫で、背には茶色い斑《まだら》模様。

「驚かすでない」

心の底からほっとするやら、腹立つやら。仕方なくその猫を抱き上げると、ぐにゃりとして温かい。その体を抱いていると、何だかひどく疲れていたことを思い出し、涙がほろほろと零《こぼ》れた。

泣きたいわけではない。泣きたくなどない。でも涙が出るのは、全《すべ》てこの猫のせい。

「お前が驚かすからじゃ」

私がそう申すと、猫は詫びのつもりか、私の頬をざりざりした舌で舐《な》めた。

「許してほしくば、傍におれ」

ぎゅっと抱きしめたまま、長局の布団にもぐり込んだ。そのぬくもりと柔らかさに、

二月の寒さも寂しさも和らいで、久しぶりに心地よく深く眠れた気がした。

「お佐江、朝ですよ」

姉女中にそう言って起こされた時には、猫の姿はもうなかった。

あの猫はどこの猫だったのか。

思えば、随分と美しい組紐を首に巻いていたから、どこぞの部屋のお猫様なのだろうと思われた。その日から、御年寄様の御用の合間に、大奥をあちこち捜し歩いた。

稚児姿の私が走り回っても、みな微笑《ほほえ》ましく見ているだけ。

「お忙しそうですね」

声を掛けてくれた御女中には、

「白毛で、背中に斑のある猫を知りませぬか」

問うてみても、皆、

「多うございますから、それぞれのお部屋にどのようなお猫様がおいでかは、ちと」

曖昧《あいまい》な答えばかり。

そして遂《つい》に、廊下の先に見覚えのある白い姿を見つけた。あの時は気づかなかったが、尻尾《しっぽ》は茶の虎柄《とらがら》になっている。その尻尾の先をゆらゆらと揺らしながら、機嫌よく歩いているのだ。

「待て、そこ、猫」

申したところで、猫は止まらぬ。そして、ひょいと御膳所へと入って行った。

御膳所は、私もしばしば足を踏み入れる。ここにいる御仲居たちは、足の早い菓子など、お部屋からお下をいただいて、食べていることが多い。

「それゆえ、分けてもらうのは当然じゃ」

お志賀から教わったことの中で、唯一《ゆいいつ》、役に立つのはそのことくらい。

私は、猫の後に続いて中を覗いた。

「まあ、小萩さん、おいでなさい」

御仲居たちは、猫のことを小萩と呼んで迎え入れていた。小萩と呼ばれた猫は、迷わず一人の小太りの女の膝に乗った。

「小萩はやはり、お蛸がお気に入りだね」

どうやらあの御仲居は、お蛸と言うらしい。

そのお蛸は、何やら煎餅《せんべい》のようなものを割って、小萩に渡していた。小萩はそれをおいしそうに食べると、もっと寄越せと言わんばかりに、手でお蛸の手を叩《たた》いている。

「もっとかい」

お蛸は更に煎餅を割り、与えていた。

それを見ているうちに、私は次第に腹が立ってきた。何故《なにゆえ》、私が必死に探した猫が、御仲居の膝で楽しそうに過ごしているのか。妬《ねた》ましいような、悔しいような気持ちで、思わずずいっと前へ足を踏み出した。

「あら、お佐江さん」

御仲居頭のお鯛が私に気づいた。

「お佐江さんもおいでなさいませ。御中臈様からのお下のお団子がありますよ」

私は唇を嚙みしめ、お蛸の前に立つ。

「その猫は」

お蛸は、

「小萩でございます」

と答えた。

「そなたのか」

「いえいえ、御中臈様の、お倫の方様のお猫でございます」

「ふう……ん」

お蛸はしばし戸惑った様子であったが、やがて手にしていた煎餅を私に向かって差し出した。

「お佐江さんも、小萩にあげてみますか」

私はお蛸の手から煎餅を取ると、小萩に差し出した。すると小萩はついと煎餅から顔を背けた。そしてお蛸の膝を下りて、とっとと御膳所を出ていってしまう。

「ほら、小さく割ってやらねば、小萩の口には入りませぬよ」

お蛸に笑われ、私は苛立《いらだ》って、御膳所を飛び出した。廊下を行くと、そこに小萩が待っている。そして私を見ると、にゃあおと鳴いて、足元に体をすり寄せた。

「卑《いや》しいこと。御膳所で食べ物をもらい、撫《な》でるのは私ということか。そも、そなたは他所《よそ》の部屋の者ではないか」

先ほど、顔を背けておきながら。そう思って嫌味の一つも言ってやったのだが、小萩はまるで気にせず、ただ撫でろとばかりにすり寄ってくる。私が手を伸ばしてその背を撫でると、やはり柔らかくて温かい。しばらくそうしていると気が済んだのか、ひょいっと身を翻《ひるがえ》して、廊下の先へと走って行った。

お倫の方様というのは、どのような方か。

私は御年寄様の傍らに控えていることが多いので、御年寄様の元を訪れる者のことはよくわかる。されど、そのお倫の方様は、未《いま》だ会ったことがない。

「それは無理もございません。御手付きの汚《けが》れた方でいらっしゃるのに御子がおいでにならず、万事、慎《つつ》ましく暮らしておられるのですから」

「汚れておいでなのですか」

私は眉《まゆ》を寄せた。この大奥では、煌《きら》びやかな方々の御姿を目にすることは多いが、汚れている方を見ることは少ない。泥遊びでも好きなのだろうか。

すると、姉女中は、ほほほ、と笑われた。

「いえいえ、ほら。まあ、言葉の綾《あや》でございますよ」

結局、それ以上の詳しいことは何も分からなかった。

それからも度々、廊下で小萩と行き会うことがあった。そして会う度に小萩は、私に散々撫でさせておきながら、ひょいと身を翻して姿を消してしまう。また、御膳所で行き会うこともあったが、その時は決まってお蛸の膝で何か食べている。気まぐれな猫だった。

そんなことがあってから、三月ほどが経った五月のこと。

御年寄様に命じられて、私は御膳所にお遣いに出かけた。何でもお祝い事があり、その支度のために言い忘れたことがあるとのこと。

「御年寄様からのお文でございます」

お蛸はそれを受け取ると、

「承りました」

と言って、何やら忙《せわ》しない様子である。

「何の祝いじゃ」

「ああ、お猫様ですよ」

お蛸が手を休めて答えた。

「猫……」

「御台様のお猫様が、五つになられたお祝いだそうです。その母猫様を招いて、宴《うたげ》をなさるそうで」

御年寄様は、そのお祝いの席に鰹節を贈られたとか。文には、その鰹節にきちんと熨斗《のし》をかけるのを忘れぬようにと書いてあったそうだ。

御仲居たちは手際《てぎわ》よく鰹節に熨斗をかけ、紅白の紐で水引をかけて、華やかな宴の支度が整った。

「お佐江様、その御台様のお猫様の母は、あの小萩なのですよ」

「そうなのか」

己のことでもないのに、妙に嬉しい。

何でも、御台様が先代のお猫様の八重姫《やえひめ》様を亡くされたので、御年寄様が新しい猫をお勧めした。しかし、御台様は八重姫様と同じく、真っ白くて、榛色《はしばみいろ》の目をした猫でなければいらぬと仰せになった。丁度、五年前の五月、同じ頃にいくつかの部屋の猫が子を産んだ。その中に三匹、白い猫がいたそうだが、目が開いてみると唯一、小萩が産んだ白猫だけが、榛色の目をしていたそうな。

「何せ、御台様にお猫様を献上申し上げるということで、その御支度も大変だったそうですよ。御台様のお猫様ですからね。持参金の代わりに、ふかふかの絹の御布団に、銀の鈴。鰹節も積み重ねて……」

「嫁入りのようじゃ」

「まことその通りでございます」

私はそれから、御仲居が膳を運ぶ後ろに続き、御台様のお部屋へ続く廊下に向かった。お蛸も並んで様子をうかがっていると、長局の方から一行が近づいてくる。

正面には、白く面長な顔立ちの美しい女が一人。恐らくはそれが、お倫の方なのであろう。しかし、姉女中たちが言うような、汚れた様子は見受けられない。鮮やかな青の打掛がよく似合う女である。

その斜め後ろには、あの小萩を抱いた若い女中が歩いて来る。女中に抱かれながら、小萩はいつもよりもやや、誇らしげな顔をしているように見えた。首をしゃんと伸ばしたそこには、豪奢《ごうしゃ》な金糸の刺繡《ししゅう》が施された前掛けをしている。

「さすがは、御台様のお猫様の御母堂ですね」

お蛸は我がことのように喜んでいたが、私はちょっとだけ、あの小萩を我がものとするお倫の方が羨ましかった。

「晴れ姿をしっかり見てやりましょう。そしてまた、御膳所でご一緒にお菓子をいただきましょう」

日ごろ御年寄様からは、身分の違う者とは、気安く口をきいてはならぬと言われていた。しかし、これは抗《あらが》いがたく、小萩が紡《つむ》いだ縁である。

「仕方ない。共に菓子をいただくのは、やぶさかではない」

私が申すと、お蛸は満面の笑みを浮かべた。

「忝《かたじけな》いことでございます」

それからもしばしば、私は小萩を通じてこのお蛸と会うことになった。そしていつしか私は、一人で泣いたりしないようになったのだ。

お倫の方と小萩

小萩が私の部屋に参りましたのは、丁度、十年ほど前のことになりましょうか。私が三十路《みそじ》を迎えた頃でございました。

私は旗本家の娘として何不自由なく育ち、十六の年に、父の勧めで奥入りをすることになりました。御中﨟様の部屋方女中の一人として上がり、日々、この大奥での暮らしに慣れるために必死でございました。

そして同時に、父から言われていたこともございました。

「そなたならば、上様もお気に召すこともあろう。当家のため、上様の御手付きとなり、御子を産み参らせるよう」

今にして思えば畏れ多いことでございます。されど、当時の私はその務めを果たすことは、家のため、父や兄弟、母、姉たちのためになると、固く信じておりました。御中﨟様はそれを父から既に聞いていらしたのでしょう。御年寄様を通じて、上様の御目に触れるように心を配って下さり、遂に、お召しがありました。

「上様の仰せのままになさいませ」

御中臈様から言われたのはその一言でございます。当時、上様は四十の頃のこと。年も二十以上、離れておりましたし、それ以上に、天の上の御方でございました。それゆえにこそ、己の手がどうしようもなく震えていたのを覚えております。

しかし、御手付きとなってから後、大奥内での立場は一気に変わりました。部屋方の一女中から、御中臈様と呼ばれるようになりました。そして自らの女中を抱えることになったのです。里から一人、気心の知れた女中のお尚《ひさ》を呼んだことで、私は随分と心が安らぎました。

無論、御中臈ともなりますと、里へ帰ることは許されず、一生をこの大奥で過ごすことになります。そのことへの不安もありました。時折、母が大奥を訪れ、懐《なつ》かしい話に花を咲かせるのが、唯一の楽しみでございました。

それから二年ほど、月に一、二度は、上様からお召しがありました。私は、相変わらず上様と何をお話ししていいのか分からず、ただ、上様のお話をうかがって、それに頷《うなず》くことしかできません。さぞや退屈なさっているのではないかと不安でしたが、それでもお召しいただいているのは嬉しかったのです。

しかし、十九になる頃、すっかり上様からの御声が掛からなくなりました。

「何せ、上様は艶福家《えんぷくか》でいらっしゃる。お倫の方様の後に、既に三人も新しい御中臈様がおいでですからね」

そう囁《ささや》く声を聞くようになり、いざ、上様の御渡りがなくなりますと、大奥内での風当たりが強くなったように思われました。

「御子を授かることもできず、御手付きになっただけで、御中臈としての禄《ろく》をいただく。汚れた方は、居心地の悪いところでしょうが、大奥を下がることもままなりませぬゆえ、いっそ、可哀想《かわいそう》なものでございます」

噂《うわさ》は、同情のような、哀れみのような、威嚇《いかく》のような……。

「まだ諦《あきら》めることはありません。上様が再び、御方様をお召しになることもございましょう」

部屋の者たちは、私に上様に宛《あ》てた文を書くことを勧めます。また、珍しい菓子を取り寄せたので、お運び下さいとお願いすることもありました。それを書くこともまた、既に私にとっては苦しいこと。そこまでして上様にお召しいただいたとて、何ができるわけではない。しかし、部屋方の者たちのためにも、今一度、御寵愛を受ける身にならねばと、気負うのです。

それでも、廊下をすれ違う他の御手付き中臈たちの輝かしい風情《ふぜい》を見て、己の情けなさを思うこともあります。また、他の御中臈様のご出産にお祝いを選びながら、涙することもあります。「お祝い」を祝えない。己を誇れない。その日々は、次第に己を苛《さいな》んでいくようにさえ思えたのです。

そして、私も三十路を迎えることになりました。三十路になりましたら、たとえ上様からお召しがありましても、御褥御免《おしとねごめん》を願い出るのが慣例となっておりました。お早い方ですと、二十五ほどで御褥をお断り申し上げることもあるとか。私は、お召しもございませんでしたが、御免申し上げる歳《とし》になったのです。

「もう、上様の御顔も朧気《おぼろげ》じゃ。いっそ、肩の荷も下りよう」

私がそう申しますと、部屋方の者も何やら寂しいような、安堵《あんど》したような表情をしました。

これから、どうして生きて参ろうか。

子のない御手付き中臈の中には、お清《きよ》の御女中に交じって、御役を頂戴《ちょうだい》して出世を目指す者もおります。そうした方たちは、元より秀《ひい》でた芸を持っている方や、才知に優れた方ばかりです。しかしながら、私は己の才覚には露ほどの自信もございません。

「そなたは、器量がよい」

両親にもそれだけは繰り返し言われておりました。要は、見目だけしか取り柄らしい取り柄はなかったのでございます。

「さすれば、部屋方女中を雇い、その子らに行儀を教えて差し上げればよろしいのでは」

お尚に言われました。若い娘たちを育て、よき妻となるようにして差し上げるのは、私にもできることに思われました。

そして、私の元を訪れた母にそのことを伝えると、母は嬉しそうにほほ笑みました。

「良いことと存じますよ。そなたにとっても、励みになりましょう」

優しい言葉には、私への労《いたわ》りが感じられました。しかし、そう言う母の様子が、ひどく疲れているように見えたのです。

「母上様、ご自愛下さいませ」

「ありがとう」

そう母は答えましたが、それ以上は何も語りませんでした。

母が身罷《みまか》ったという知らせを聞いたのは、それから間もなくのことでございました。

母とは十六の年に離れて以来、共に暮らすこともできずにいました。にもかかわらず、母の死によって空いた穴はあまりに大きく思われました。

部屋の者たちのためにも、しっかりしなくてはなりません。そう思うのですが、気負うほどに力が抜けていくような心地がして、いつしか部屋は暗くなっていきました。

そんな時です。

「御方様、猫でございます」

そう言って子猫を連れてきたのは、お浪《なみ》という年若い娘女中でした。長局の軒下で震えているのを見つけたのだとか。

「母猫が、この子猫だけを置いて行ってしまったようで」

可哀そうに、小さな体を震わせておりました。

「いっそ、飼ってみてはいかがですか」

お尚に言われまして、一瞬、迷いました。己の身さえ思うままに任せぬのに、猫など飼えるのかと。しかし、その子猫のいたいけな瞳《ひとみ》と愛らしさに部屋の者たちがはしゃぐのを見て、それも良いのではないかと思いました。

「飼いましょう」

そして、白い毛に花びらのように散った茶色い斑《ぶち》を見て、小萩と名づけました。

小萩が来てからというもの、部屋の者たちはみな、小萩に夢中でした。小萩のために籠《かご》を誂《あつら》え、そこに縮緬の布団を敷いて寝床にしたり、その首にかける飾り紐を選んだり。代参で芝や上野に行った女中たちは、その土産といって、小萩のための鈴や鞠《まり》などを買い集めて来る始末。

「そなたたち、己のものを買《こ》うて参らぬか」

私がそう言いましても、気にする様子もありません。

「仕方ありません。小萩のものばかりが目に付くのですから」

七つ口の商人も心得たもので、私の部屋方たちが猫のものを好むと聞いて、猫の刺繡が入った袋物などを見繕って来るので、鏡入れや、袱紗《ふくさ》や、帯にまで猫の刺繡の入ったものを喜んで身に着けていました。

その小萩が身ごもったのは五年前のこと。部屋は、それはそれは大騒ぎです。

「どこの不届き者が、小萩の子の父なのか、見極めねばなりません」

そう申しましても、ふらりと庭に出て孕《はら》んで参ったのですから、致し方ありません。

「あちらの御中臈《おちゅうろう》様の猫ではありますまいか。あれは顔が潰《つぶ》れていて器量が悪い。あと、あの御上臈《おじょうろう》様の部屋方が可愛がっている猫は、声が悪い。小萩のような器量よしにはもったいない」

さながら口うるさい乳母のように、あれやこれやと申しておりましたが、やがて六匹の可愛い子猫が生まれました。茶虎に三毛、斑……と、毛色はまちまちでしたが、その中に一匹真っ白い猫がおりました。するとそこへ、御年寄様がおいでになられました。

「御台《みだい》様が慈《いつく》しんでおられた、八重姫様が身罷られた。ついては、同じような白い猫を御所望じゃ。しかも、榛色の目をした子が良いとの仰《おお》せ。そちの猫はいかがか」

何でも、他の部屋でも同じ頃に子猫が生まれているとのこと。目が開いたら、どちらにするかが決まると聞かされました。

「御台様とこちらのお部屋が、縁続きになりますよ」

部屋方女中たちは、大喜びでございます。もしもこれで、目が金色であったとしても、気落ちせぬよう、私は覚悟を決めておりました。しかしその子の瞳は、見事な榛色。めでたく御台様のお猫様として、名を咲姫とされることになったのです。

「大手柄でございました」

私には、この小萩が、気落ちする私の元に母が遣わしてくれた福の神のように思えました。残る五匹の子猫もそれぞれに引き取られていき、そちらのお部屋との縁もつながったことで、忘れられた御中﨟であった私の部屋が少し華やぎを取り戻すことができたのです。

その小萩も十歳になろうとしています。近頃は少し、痩《や》せてきました。長生きする猫であれば、十五年、二十年と生きるようでございますが、それは難しいのかもしれないと、そんなことをふと思うようになったのです。

そして、その日はやって来ました。

あちこちにふらりと出かけるのは、いつものこと。どこへ行って、誰と会っているのかは存じませんが、戻って来た小萩は、久方ぶりに鞠にじゃれていると思った矢先、ふいっと姿が見えなくなりました。

「御方様、小萩はどちらでしょう」

私は、つい先ごろまで籠で寝ていると思っていたのですが、おりません。さほど広くもない部屋の中を探してみますと、立てかけられた衣桁《いこう》の裏で、ころんと横になっております。

「あら、こんなところで」

私が手を伸ばして抱き寄せますと、それは力なくぐにゃりと身を預けます。

「え」

抱きしめているうちに、すうっと冷たさが増していくように思われました。私は小萩を抱きしめたまま、その場に座り込んでしまいました。

「御方様、汚れます」

お尚がそう言っても、小萩を抱いたまま放すことができません。

「よい……よい」

私は小萩を撫でながら、いつもの縮緬の布団《ふとん》の上に置きました。そうしてみると、まるでただ眠っているように見えます。その顔は穏やかで、優しい。

「小萩……ありがとう」

何と言葉を掛けて良いか分からなかったのですが、ただその一言だけを掛けました。

言葉も何もなく、ただほろほろと涙ばかりがあふれて参りました。

お蛸と、お佐江と、お倫の方と

「お蛸さん、聞いたかい」

御膳所《ごぜんしょ》で声を掛けられ、私は何を問われているのか分からず、首を傾《かし》げました。

「小萩が亡くなったそうですよ」

「え」

私はたいそう、驚きました。

何せ、つい昨日の昼も御膳所にやって来て、私の膝《ひざ》で干し芋を食べていたのですから。

「何か、いけないものでも食べたのでしょうか」

「よしておくれよ。御膳所のせいになってしまう」

それももっともなことです。

「あのお猫様は、私たちより良いものを召し上がっているのだから。まあ……十歳くらいだと聞いているから、無理もない」

先日、誇らしげに御台様のお部屋へ渡って行った姿が思い起こされて、ふうっと胸の内に寂しさが過《よぎ》ります。

「ああ、あの御年寄《おとしより》様の御小姓……お佐江さんはご存知なのかしら」

「さあ……御年寄様のところにまで、御中﨟様の猫の話がいくかどうか。こちらはお食事の支度があるから報《しら》せが早いでしょうが」

あの小さな御小姓は、小萩のことがとても気に入っている様子でした。知れば悲しむでしょうが、御年寄様の御付ですから、そうそう軽々しく御中﨟様のところへは渡れぬのではないかと思われました。

「それよりも、これ」

お鯛さんから見せられたのは、お倫の方様の部屋から届いた文でした。

「御方様は、お粥《かゆ》のみにしたいそうで」

さぞや気落ちなさっているのでしょう。

「たかが猫、されど猫。私たちも何だか、急に寂しいねえ……」

ひょいと現れては、お下《した》をねだる小萩は、私たちの日々にも張りを持たせてくれました。

「小萩が来た後は大変なのだけれど」

うっかり毛が膳に紛れては大変ですから、小萩が来た時には改めて小萩の通ったところや私たちの小袖《こそで》も、丹念に清めなければなりません。

「手間もまた、愛《いと》しさでしたね」

そう言うと、全くだ、とみなが答えます。

私はいつか、お佐江さんがまた、お菓子を召し上がりにいらしたら、お話ししようと構えていました。しかし、このところ御年寄様は、八月一日の八朔《はっさく》の御支度でお忙しいと聞いておりました。八朔は、将軍家が関東に入りました日をお祝いする行事です。表でも盛大な祝い事でございますが、奥もまた、御台様以下、白装束をお召しになり、夜には御三《おさん》の間《ま》の御女中たちが狂言などを披露します。夜通しの宴となるので御膳所も大忙しなのですが、そのすべてを取り仕切るのは、御年寄様です。御小姓とはいえ、お佐江さんも何かとお手伝いがあるのでしょう。

「小さなお嬢さんだと思ってはいけないのですねえ……」

私が十の頃なぞは、土手の蛙《かえる》を捕まえようとして川に落ち、着物を汚して叱られていました。それからすると、流石《さすが》は大奥、お行儀を仕込まれておいでなのだと、感心します。

数日が経《た》ちましても、お佐江さんはいらっしゃいません。そして、御膳所に届くお倫の方様の献立は、相変わらずお粥ばかり。

「聞いたかい。お倫の方様のお部屋に、怪しい祈禱師《きとうし》が来たそうだよ」

御末《おすえ》女中の葵さんが聞いてきた話によると、お猫様を亡《な》くして悲しんでおられるお倫の方様を案じた部屋方女中が、祈禱師を招き入れたとか。するとその祈禱師が、庭先で火を焚《た》いて数珠《じゅず》を鳴らし、散々に祈った挙句、

「その猫は、御方様を連れて行こうとしている。きちんと祓《はら》わねばならぬ」

とか何とか。それを聞いて、御女中たちは恐れをなすかと思われたが、却《かえ》って大激怒。

「小萩がさような真似《まね》をするはずはない」

追い払ったそうな。

「そもそも、何故にさような祈禱師が」

「何でも、他のお部屋の方に勧められたそうで。半ば、揶揄《からか》ったのではありませんか」

心弱っている時というのは、ついつい、よく分からぬものに縋《すが》るのも分かります。私も、夫を亡くしたすぐ後に妙な易者に行き会いましたところ、

「そなたはまた縁づくが、その夫はろくでなし。散々苦労して、捨てられる」

と言われ、挙句に、

「それを避けたくば、この札を」

と落書きのような札を押し付けられそうになり、塩を撒《ま》いた覚えがございます。

「人の弱みに付け込むのは、巷《ちまた》も大奥も同じなのですねえ」

そう言いながら、私はまともに顔を合わせたこともないお倫の方様のことが、気がかりで仕方ありませんでした。

そして迎えた八朔の日。

御膳所は、朝から大わらわです。何せこの日は夜通し宴が続きますから、時折、間を見つけて交代で休みます。ただ、この日の楽しさは、宴の席まで御仲居《おなかい》の私たちが運びに出られることです。そうしますと、大奥の上つ方々のお顔を拝すこともできますし、御台様がご覧になる御三の間の方々の御狂言も垣間見《かいまみ》えるのです。

「見ましたか、先ほどの舞」

「面白いものですねえ。笑いました」

などと、御仲居たちで話し合います。

夜も更《ふ》け、器を下げに御膳所へ戻ろうとしておりますと、ふと、私の袖を引く者がありました。見るとそこにお佐江さんが立っておられました。

「お佐江さん」

私が言いますと、お佐江さんはじっと私をご覧になります。

「お蛸は、存じておるか。小萩が亡くなったそうじゃ」

私は屈《かが》みまして、お佐江さんと視線を合わせます。

「はい。存じております。お佐江さんにもお伝えしたいと思っていたのですが……」

「御年寄様の元に報せが参って、御年寄様が、お倫の方様に御香典を包まれた故、存じておる」

「さようでしたか」

それからしばらく、何かを言おうとしてもじもじとなさるので、私はお佐江さんの次の言葉を待ちました。

「そなた、お倫の方様のところへ届け物はないか。手伝うてやっても良い」

なるほど、お倫の方様のところへ一緒に行きたいのだと分かりました。

「では……八朔の果物をご一緒に運んで下さいますか。お倫の方様は、あまり多くを召し上がられぬご様子ですが」

お佐江さんはその言葉に深く頷き、私の手を取って、御膳所へ一緒に参ります。そして、果物を盛った高坏《たかつき》を持ちますと、私と共に、お倫の方様のお部屋へ伺いました。お倫の方様の部屋付女中たちも、ほとんど宴の席の方へ行っておられ、長局《ながつぼね》はしんとしております。

「もうし」

私が声を掛けますと、お部屋から御女中が顔を出されました。お佐江さんが高坏を差し出します。

「果物をお届けに上がりました」

御女中は、まあ、と微笑まれます。

「御方様。御年寄様の御小姓さんが、果物を届けて下さいましたよ」

「まあ……」

か細い声が部屋の奥から聞こえました。そして、部屋の端近にいらしたのです。

いつぞや、小萩が御台様のお部屋に渡る時、御姿を拝見して以来でした。八朔のこの日、白装束に身を包まれたそのご様子は、見るからに痩せて窶《やつ》れて見えました。

「ありがとうございます」

お倫の方様は高坏を受け取られました。そして、部屋にありました豆菓子を畳紙《たとうがみ》に包んで、お佐江さんに渡されます。しかし、お佐江さんはそのお菓子を受け取っても、帰ろうとせずにそこに佇《たたず》んでおります。

「いかがなさいましたか」

お倫の方様が問いかけますと、お佐江さんは後ろに控えております私を見ます。

「あそこにおります、御仲居のお蛸が、御方様にお話があるそうです」

そう言って、全てを私に任せました。私は困惑しながらも、頭を下げたまま、膝で前へと進み出ます。

「何じゃ」

御女中に問われ、私は恐縮しながら声を絞ります。

「畏《おそ》れ多くも、こちらのお部屋においでていらしたお猫、小萩様のことでございます」

「小萩が……」

お倫の方様は、ずいと前に出られました。

「生前、私どもの御膳所へ参られて、よく私の膝の上にお座りになり、お菓子など召し上がっていたので、亡くなられたとうかがいまして、せめてお悔やみをと、長らく思っておりました」

「まあ……そうでしたか」

お倫の方様のお声が、小さく震えるのが分かります。そして、お佐江さんが私の袖をぐいぐいと引くのです。自分のことも話してほしいという意味だと思われました。

「こちらにおいでのお佐江さんも、よく一緒に遊んでおられて、寂しくていらっしゃるとのこと。この八朔の日に、共にこちらに伺えればと、先ほど申し合わせまして」

「そうですか……お蛸と申しましたね。顔を上げて下さい」

私は、恐る恐る顔を上げました。薄暗い廊下の中にあって、お倫の方様の大きな黒い瞳は涙に潤《うる》んでいて、それは美しいものでした。その目の奥に行き場のない悲しみがあるのが見て取れて、私は何とも胸を衝《つ》かれる思いがしたのです。

「お佐江さんも、お蛸も、誠にありがとう。小萩は、果報者でございます」

そして、お倫の方様は、自嘲《じちょう》するように笑います。

「かように心弱くては、部屋の者にも申し訳ないのです。たかが猫のことと、お叱《しか》りになる方がいらっしゃるのも、無理はないのですが……」

「いえ」

私は思わず、声を張り上げてしまいました。その声に、お倫の方様もお佐江さんも、驚いたように私をご覧になります。

「失礼を……でも、そんな風にお思いになることはございません」

私も、ここ数日、ふと小萩が遊びに来たことを思い出しては涙することもありました。小萩がじゃれて破いた小袖のほつれを見ても、目頭が熱くなるほどです。まして、十年も共にいたお倫の方様にしてみれば、悲しくて当たり前なのです。

「たかが猫などとおっしゃって下さいますな。こう申しては何ですが、私は夫を亡くした時よりも、此度《こたび》の方がしみじみと悲しいほどです」

「……まあ」

お倫の方様は、驚いたように目を見開かれます。

「そなた、ご夫君を亡くしておいでなのか」

「……はい。無論その、夫の死が悲しくなかったということではないのです。その……夫を亡くした時には、これからの暮らしのこと、弔いのこと、周りの人々のことなど、考えねばならぬことがたんとあり、十分に悲しむ暇《いとま》もありませんでした。ただその、小萩さんが亡くなったとうかがった時、おかしなことに、ふっと夫が亡くなった時のことを思い出したのです。何と申しますか、こう……己の胸の内に小さな箱がありまして、そこに悲しい出来事を入れて仕舞ってあったものを、小萩さんのおかげで思い出し、余計に悲しいのではないかと……そんな風に思いまして」

私は、こんな身分の違う御方に対し、何を滔々《とうとう》としゃべっているのかと思ったのですが、止めることができません。

「ものを言わぬ者だからこそ、愛しさも一入《ひとしお》でございます。そして同時に、己の心の内もまた、映し出されるように思われるのでございまして……」

お倫の方様の目の奥にある悲しさが、私の中にある悲しさに似ていると思ってしまったせいもあります。すると、お倫の方様は、ぐっと嗚咽《おえつ》を堪《こら》えるように喉《のど》を鳴らします。傍らの御女中が懐紙をお渡しになり、お倫の方様はそれで目頭を拭《ぬぐ》われました。

「……そういうことも、あるやもしれませぬ」

そして、寂しい笑みを浮かべられました。

「私も、母を亡くしました。母の臨終には立ち会うこともできず、孝行ができぬ己の不甲斐《ふがい》なさを想《おも》うと、悲しみよりもむなしさが勝っておりました。その頃に小萩が参り、何やら母が遣わしてくれた猫のように思われたのです。此度、小萩が亡くなったことで、私の中にあった小箱も開いたのやもしれません」

一つ息をつくと、再び、はらはらと涙をこぼし、懐紙でその目を拭います。

「心に穴が空いたように寒風が吹き抜けて、己の力ではどうにもならぬのですよ」

力なくおっしゃるその姿は本当に儚《はかな》げで、支えて差し上げたい気持ちになり、言葉を探しました。

「今はただ、悲しむことが、御方様のお務めと存じます」

すると、お倫の方様は、驚いたように目を見開かれました。

「悲しむが、務め……」

「はい。悲しんで、小萩さんを悼《いた》むこと。さもなくば、また悲しみの箱を抱えることになりましょうから」

お倫の方様は、しっかりせねばと言い聞かせることで、却って苦しまれているように見えました。この方に、心おきなく泣いていただきたかったのです。

その傍らで、お佐江さんは唇を嚙《か》みしめて、じっと黙っていたのですが、ふと口を開きます。

「小萩は、私が寂しい時に慰めてくれたのです。あの子は優しい良い子です。私はただ、もう一度、会いたいのです」

そう言うと、堰《せき》を切ったように大粒の涙をぽろぽろと零《こぼ》しました。その思い切りのよい泣き様に、私とお倫の方様は互いに顔を見合わせて、何やら愛しくて微笑《ほほえ》んでしまいました。

「お佐江さん、小萩を慈しんで下さって、ありがとうございます」

お倫の方様は、優しくお佐江さんの肩を抱かれました。お佐江さんは、お倫の方様の腕の中で、遠慮なく大泣きし、そのことでお倫の方様は、温かい涙を流していらっしゃいました。そのお顔は、さながら菩薩《ぼさつ》のそれのように、柔らかく思われました。

八朔の日は終わり、いつもの日常が戻って参ります。

お倫の方様の部屋から届く献立が常のものに変わり、そのことにほっと胸を撫でおろしました。

そして、年明けの頃のこと。

「お蛸、お蛸」

御膳所に高い声が響きます。

「おや、お佐江さん」

御中居たちも慣れたもので、お佐江さんが参られますと、私を呼びつけます。

「そなた、聞いたか」

「何をでございますか」

「お倫の方様が、猫をもらい受けたそうじゃ」

「まあ……」

「しかも、御台様の咲姫の子だそうな」

「さすれば、小萩の孫でございますな」

何でも昨秋、御年寄様が御台様の咲姫のご出産祝いに訪れたところ、お倫の方様がおいでになっていたとのこと。その中に、小萩のように白毛に茶色の斑がある雄猫がいたそうな。それを見つめるお倫の方様のご様子を見た御台様が、

「これは年賀に、お倫の方にあげよう」

と仰せになられたとか。

「たいそうな御支度で下賜《かし》されたと、専《もっぱ》らの評判でな」

錦《にしき》の布団に、鰹節《かつおぶし》。その首には金の刺繡が施された前掛けを掛け、持参金まで持って、お倫の方様のお部屋に入ることになったそうです。

「名は、御台様がお付けになり、染丸《そめまる》と申すそうな」

その日の昼過ぎには、染丸のための器一式が御膳所に届き、他の部屋のお猫様たちと同様に、食事の支度をすることになりました。

松の内、ふいっと御膳所を覗《のぞ》く稚児髷《ちごまげ》が見えまして、

「あら、お佐江さん」

と、私が声を掛けますと、お佐江さんは満面の笑みを浮かべて、ひょいと御膳所に飛び込んできます。その腕には、小萩によく似た子猫が抱かれておりました。

「まあ、これが染丸ですか」

「そうじゃ。白毛に染料が飛んだようだと御台様が仰せになられた」

御仲居の者もみな、こぞって染丸を撫でます。

「これは、お蛸の膝ではなく、私の膝に乗るようにしましょうか」

お鮎さんがおっしゃいます。

やがて染丸は長じて、その祖母猫と同じように御膳所に来ては、私の膝の上で干し芋を食べるようになりました。その折に、首から守袋を提げており、お倫の方様から私へのお文が入っていることもございます。私はそれが楽しみで仕方ありません。そして、染丸のお誕生日の折には、御台様と母猫咲姫様にご挨拶《あいさつ》の行列を組んで御渡りになるのです。

お佐江さんは、やがて元服なさいました。しかし、「汚れた方」の意味を知り、大変、御不快になられたご様子。御膳所でお菓子を召し上がりながら愚痴をこぼされます。

「お倫の方様は嫌いではないから、汚《けが》れていると言いたくはない。しかし、私も汚れているると言われるのは不愉快ゆえ、私はしばらくしたら里へ下がり、天下一の婿《むこ》がねを探すのじゃ」

私の膝から染丸を奪い、撫でまわしております。

「染丸が、人に化けてお婿様になって下さればよろしいですね」

するとお佐江さんは、染丸をぎゅっと抱きしめます。

「お倫の方様と寵《ちょう》を争うのは嫌だ。何やら負けそうな気がする」

お佐江さんは、ふてくされます。

「おや、それならば私も参戦しますよ」

しばらく黙って私を眺めていたお佐江さんは、ふんと笑われます。

「お蛸には勝てる。そなたは側室になるがよい」

小萩と違い、染丸は殿方なので、ここにも小さな大奥の争いが生まれそうな気配でございます。

しかし、染丸はというと、さような争いなどどこ吹く風。大きく口を開けて欠伸《あくび》をして、じっと私とお佐江さんを見つめます。その目に私たちはどのように映るものでしょう。

そっと手を伸ばして染丸の小さな頭を撫でますと、ぐるると喉を鳴らして甘えます。

その柔らかく温かいものが、身分の違う私たちを繋《つな》いでくれているのだと思い、しみじみとこの暮らしの幸せを噛みしめました。

解説

細谷正充

お仕事小説の波が時代小説に押し寄せたのは、いつ頃だったろうか。はっきりとは覚えていない。気がつけば、女性を主人公にしたお仕事時代小説が人気を博すようになっていた。本書も、その流れに属する作品といっていいだろう。だが内容には驚いた。なんと大奥を舞台とした、お仕事小説なのである。

なぜ驚いたのか。大奥に関して、強固なイメージがあるからだ。大奥といえば、江戸城内にある女性の居住区を指す。将軍の正室・側室・子女を始め、多数の女性が暮らしている。というのも基本的に将軍を除いて男子禁制であり、すべてを女性たちで賄《まかな》わなくてはならないからだ。あまりにも特殊な場所であり、江戸時代から庶民の興味を惹《ひ》きつけた。きっと女性たちが将軍の寵愛《ちょうあい》を競い、ドロドロの愛憎劇や陰謀劇が演じられているのだろうという想像が、いつしか大衆に広まったのである。絵島生島《えじまいくしま》事件や延命院事件という、大奥が関係した実在の騒動も、それを後押しした。現代になっても大奥を題材にした小説・映画・ドラマは多く、個人的には岸田今日子のナレーションで知られる、テレビドラマ『大奥』が忘れがたい。

それはさておき実際の大奥である。もちろんドロドロの愛憎劇や陰謀劇もあったことだろう。だが、そこで暮らす女性にとっては生活の場であり、仕事の場である。先に触れたように、すべてを女性たちで賄わなくてはならないから、仕事量は膨大だ。そう大奥は、女性の職業が限られていた江戸時代では破格の、巨大かつ多彩な職場であったのだ。しかも能力次第で出世することが可能。やりがいは大きい。この事実に気づいたのであろう。俊英・永井紗耶子は、大奥で働く女性たちを題材にして、斬新《ざんしん》なお仕事小説を書き上げたのである。

永井紗耶子は、一九七七年、神奈川県横浜市に生まれる。慶應義塾大学文学部を卒業後、新聞記者を経て、フリーのライターとなった。ビジネス雑誌で、経営者へのインタビューや記事を執筆。二〇一〇年、第十一回小学館文庫小説賞を、時代ミステリー『絡繰《からく》り心中 部屋住み遠山金四郎』で受賞する。『恋の手本となりにけり』と改題し、同年十月に単行本を刊行して、作家デビューを果たした（文庫化に際して、さらに『部屋住み遠山金四郎 絡繰り心中』と改題）。以後、堅実なペースで、『旅立ち寿《ことほ》ぎ申し候《そうろう》』（文庫化に際して『福を届けよ 日本橋紙問屋商い心得』と改題）、『帝都東京華族少女』、『横濱王《よこはまおう》』等の作品を発表しているのである。

本書『大奥づとめ』は、「小説新潮」二〇一六年七月号から一八年四月号にかけて、断続的に掲載。二〇一八年七月、新潮社より単行本で刊行された。収録されているのは六作。ひとつひとつの話は独立しているが、再登場する人物もいる。

冒頭の「ひのえうまの女」は、十六歳で大奥に上がった、お利久《りく》の語りで進行する。お清《きよ》と呼ばれる、将軍の手の付かない奥女中として生きていこうとするお利久。しかし与えられた御三《おさん》の間《ま》の仕事に、楽しさを感じられない。そのことを指摘され、自分を顧みた彼女は、心を入れ替える。そんなお利久に、新たな仕事の道が示されるのであった。思いもかけぬ経緯で大奥勤めになったお利久が、仕事にやりがいを見出《みいだ》していく様子が、気持ちのいい読みどころになっている。

続く「いろなぐさの女」は、抑圧された実家の生活により衣装センスをなくしてしまったお松《まつ》が、呉服《ごふく》の間の女中となる。衣装を誂《あつら》える仕事だ。困った彼女は、呉服問屋「笠木屋《かさぎや》」の女将《おかみ》・千沙《ちさ》を頼る。一方の千沙は、姑《しゅうとめ》が亡《な》くなり大奥出入りを託されたことから気負っていた。最初はギクシャクしていたお松と千沙だが、しだいに心を近づけていくのだった。

これだけでもいい作品になったと思うが、作者はさらに歌舞伎《かぶき》役者の岩井《いわい》粂三郎《くめさぶろう》を投入。お松の衣装センスを磨くために、千沙が粂三郎を紹介したのだ。この粂三郎も周囲の評価に悩んでいたが、お松の真っすぐな態度が切っかけになり、桎梏《しっこく》から解放される。それぞれの事情を抱えた、身分の違う三人が、互いによき影響を受けて救われる。温かな絆《きずな》で結ばれた彼女たちの姿に、こちらまで嬉《うれ》しくなった。

第三話「くれなゐの女」は、掃除、洗濯、水仕事などを主な務めとする御末《おすえ》の玉鬘《たまかずら》が主人公。多摩の庄屋の娘だが、背が高くて力持ちの彼女は、好いた男がそのことを揶揄《やゆ》していたのを聞き、逃げるように大奥にやって来た。ようやく仕事に慣れたころ、大奥で五十三次という催しが開かれる。そのお務めで駕籠《かご》を担《かつ》ぐ玉鬘は、夕顔《ゆうがお》という御末を知った。おかめのような顔をしている夕顔は、白塗りで言動も目だっている。将軍の目に留まって、御手付き中臈《ちゅうろう》になるためだというではないか。しかし周囲は彼女を笑っている。普段は真面目《まじめ》に働いている夕顔が、そのような扱いを受けることを悔しく思った玉鬘は、彼女に話しかけるのだが……。

本作の表の主役は玉鬘だが、裏の主役は夕顔だろう。その言動で、軽んじられているように見える夕顔。しかし彼女には彼女の人生があり、そこから育《はぐく》まれた太い芯《しん》がある。

「己のことを、醜いし、御末だし、と卑下しているのは謙虚なようでいて、その実、とても楽なのです。醜かろうと、身分が低かろうと、それでも己にできる精一杯をやると決めてみると、そのための道が見えてきます。(中略)恥をかくことは、さほどのことではありません。恥をかくやもしれぬと怯《おび》えていることこそ、苦しいのだと、私はそう思います」

このような信念を抱き、常にポジティブな夕顔との縁ができたことで、玉蔓も自身のコンプレックスから解放される。夕顔の言葉は現代の日本人にも通用する普遍的なものであり、それゆえに読者の胸にも響くことだろう。

また、五十三次を始め、大奥には独自のイベントが多い。なかなか実態の分からない大奥を、各ストーリーによって覗《のぞ》き込むことも、本書の楽しみになっているのだ。

第四話「つはものの女」は、出世欲の強い祐筆《ゆうひつ》のお克《かつ》に、表使《おもてづかい》になるチャンスが訪れる。長年、表使をしていた初瀬《はつせ》が役を退くので、後継者を捜しているというのだ。初瀬の命により、やはり表使になりたいという呉服の間のお涼《りょう》と、お克は勝負することになる。

生家での暮らしから、「負けるわけにはいかぬ」を口癖にして、一所懸命に大奥で生きているお克。彼女から見ると、いつも柔らかく微笑んで、声も小さい初瀬は、頼りないように思えた。しかし本当はどうなのか。勝負の後の初瀬とのやり取りで、彼女の真の姿が明らかになる。それは表使という、役人（当然、男性である）と折衝するときの、女性としての立ち回り方だ。そもそも最初から女性に比べて、男性の方が不利な立場にあるという初瀬の発言は傾聴すべきものがある。お克だけでなく、今の働く女性も、大いに参考にすべきであろう。

第五話「ちょぼくれの女」は、三代目坂東三津五郎《ばんどうみつごろう》の女弟子だった三津江《みつえ》が主人公。御狂言師として、御三の間のお正《まさ》とお美乃《みの》に、舞の指南をすることになる。おかめ人形のようなお正と、ひな人形のようなお美乃だが、ふたりの役柄は逆方向。家庭の事情に悩みながら、三津江は指南をするのだが……。

すでに本書を読んだ人にはいうまでもないが、お正は出世した夕顔である。ただし性格は変わらない。相変わらずのポジティブ思考で、三津江の悩みだけでなく、自分の美しい顔を嫌っているお美乃の心まで晴らしてしまう。周囲に幸せを振りまくようなお正は、存在自体が爽《さわ》やかだ。本書の中で、一番好きな人物である。彼女のような魅力的なキャラクターを生み出した作者には、深甚《しんじん》な感謝を捧《ささ》げたい。

そしてラストの「ねこめでる女」は、大奥で楽しく働いている御仲居《おなかい》のお蛸《たこ》、まだ親元が恋しい、御年寄《おとしより》の御小姓《おこしょう》のお佐江《さえ》、かつて将軍の寵愛を受けたが子供ができず、今は静かに暮らしている御手付き中臈のお倫《りん》の方の三人が登場する。身分も立場も違う彼女たちを繋《つな》ぐのは、お倫の方の飼っている猫の小萩《こはぎ》だ。小萩によって結ばれた三人の絆は、「いろなぐさの女」の絆と同じように温かい。一方で、ペット・ロスの悲しみについても、しっかりと描かれている。生きることの喜怒哀楽が詰め込まれた、締めくくりに相応《ふさわ》しい一篇だ。

本書によって、大きく飛躍した作者だが、その勢いは、止《とど》まることはなかった。二〇二〇年六月に新潮社より刊行した歴史小説『商う狼《おおかみ》　江戸商人　杉本茂十郎』で、さらなる境地を示したのだ。江戸時代に実在した商人の興亡に、ひとりの男の想《おも》いと、現代と通じ合う経済の問題を託した傑作である。あまりに素晴らしい作品だったので、一般社団法人文人墨客が主催し、私が選者を務めている第三回細谷賞を贈ったほどだ。その後、第十回本屋が選ぶ時代小説大賞も受賞している。『大奥づとめ』『商う狼』と、乗りに乗っている作者が、どこまでジャンプしていくのか。今後のさらなる活躍が楽しみでならない。

（令和三年三月、文芸評論家）

この作品は平成三十年七月新潮社より刊行された。

大《おお》奥《おく》づとめ
よろずおつとめ申し候

新潮文庫　な－107－1

令和三年五月一日発行
令和五年六月五日五刷

著者　永《なが》井《い》紗《さ》耶《や》子《こ》

発行者　佐藤隆信
発行所　株式会社新潮社
郵便番号　一六二―八七一一
東京都新宿区矢来町七一
電話　編集部(〇三)三二六六―五四四〇
　　　読者係(〇三)三二六六―五一一一
https://www.shinchosha.co.jp

価格はカバーに表示してあります。

乱丁・落丁本は、ご面倒ですが小社読者係宛ご送付ください。送料小社負担にてお取替えいたします。

印刷・大日本印刷株式会社　製本・株式会社植木製本所

ISBN978-4-10-102881-1　C0193